T0021180

El cerebro de mi hermano

Novela

Biografía

Rafael Pérez Gay (México, 1957). Entre su obra destacan *Me perderé contigo* (1988), *Esta vez para siempre* (1990), *Llamadas nocturnas* (1993), *Paraísos duros de roer* (2006) y *El corazón es un gitano* (2010). Desde hace años la prosa de Rafael Pérez Gay se publica en periódicos y revistas; en 1997, 2001 y 2007 reunió una parte de su periodismo literario en los libros *Cargos de conciencia*, *Diatriba de la vida cotidiana* y *No estamos para nadie*.

Estudió Letras Francesas en la UNAM y ha publicado numerosos artículos y textos sobre literatura francesa. Sus ensayos sobre la prosa y el periodismo del siglo XIX, y acerca de climas porfirianos, autores decadentistas y encrucijadas culturales de fin de siglo, han aparecido en diversas publicaciones a lo largo de más de veinte años.

Rafael Pérez Gay
El cerebro de mi hermano

Seix Barral

© 2013, Rafael Pérez Gay

Derechos reservados

© 2020, Editorial Planeta Mexicana, S.A. de C.V.
Bajo el sello editorial BOOKET M.R.
Avenida Presidente Masarik núm. 111,
Piso 2, Polanco V Sección, Miguel Hidalgo
C.P. 11560, Ciudad de México
www.planetadelibros.com.mx

Diseño de portada: Alejandra Ruiz Esparza

Primera edición en formato epub: noviembre de 2013
ISBN: 978-607-07-1953-0

Primera edición impresa en México en Booket: noviembre de 2020
ISBN: 978-607-07-7114-9

Impreso en los talleres de Impresora Tauro, S.A. de C.V.
Av. Año de Juárez 343, Col. Granjas San Antonio,
Iztapalapa, C.P. 09070, Ciudad de México
Impreso y hecho en México / *Printed in Mexico*

Para Lilia Rossbach

I

Un laberinto de azares me ha traído al Instituto Nacional de Neurología, en el sur profundo de esta sucursal del infierno que llamamos Ciudad de México. Camino despacio por los patios donde los gatos me observan desde sus ojos desconfiados y soberbios. Camino lento como si esperara algo, pero no espero nada. Lo que no habrán visto y oído estos gatos neurólogos que pueblan patios y jardines; casos extraños, desesperados, graves, mortales, todas las alteraciones de la mente, del telar encantado, como ha llamado Bruno Estañol al cerebro.

Apuesto a que los gatos conocen el caso del cerebro de mi hermano, enfermo desde hace años de unas dagas invisibles dentro de la cabeza que lo han postrado en una silla de ruedas cuya dirección es el limbo.

Me detengo frente a una puerta de cristal con un cerebro impreso en el vidrio. Esta zona de Tlalpan en la cual se construyó el hospital de neurología fue un lugar de fincas y casas de campo, huertas amplísimas, grandes jardines, altos muros de adobe, calles abismadas en el silencio. Este territorio de piedras volcánicas y fuentes brotantes emergió del desastre. Las calamidades destruyen y crean regiones inimaginables. En estos días, por cierto, busco regiones devastadas en mí mismo. Todos buscamos esas regiones cuando nos sorprende la adversidad.

El magma del Xitle sepultó a los pueblos cuicuilcas, los ríos desviaron su cauce bajo una capa de lava de ochenta metros. Mientras se enfriaba la superficie del pedregal, en las profundidades la lava seguía en movimiento. Los gases buscaron su propia salida formando enormes grietas que se convirtieron en cuevas. Las corrientes de agua trasminaron la piedra porosa en el fondo de la tierra y emanaron fuentes cristalinas, manantiales en el pedregal y entre el bosque. Un edén petrificado. Así ocurre en las profundidades de la cabeza, pensé mientras veía el cerebro de la puerta de cristal y su apotegma: *Cerebrum divina lux ratio*: cerebro, luz divina, la razón.

En una oficina que da a un fresco patio central, los médicos observan el cerebro de mi hermano. Lilia, su pareja de toda la vida, y yo, vemos negativos, placas, cortes extraños, acercamientos al bulbo raquídeo, donde ha ocurrido una última desgracia. Los neurólogos nos explican con una claridad de escalofrío lo que ha ocurrido allá adentro. Lóbulo frontal, la zona de Heschl, donde se produce el habla, el área de Broca, en fin.

Las noticias, las peores. Mientras veo las imágenes de las múltiples resonancias y tomografías, me pregunto en qué parte de esas luces y sombras del cerebro de mi hermano está «Piedra de Sol» de Octavio Paz, el poema que mi hermano era capaz de decir de memoria en su mayor parte; dónde quedó García Lorca, que le encantaba citar a la menor provocación; dónde la memoria, en qué surco está mi madre, es decir, el recuerdo de mamá, dónde el padre. ¿Todo se ha perdido? ¿Así, de un plumazo, empezamos a ser nada, nadie, nunca?

Le digo a mi hermano en silencio: ¿En qué mundo vives? Y me responde en silencio, nuestro único lenguaje, con una mirada habitada por el odio y el miedo, algunos la llaman mirada perdida pero yo la encontré en su cara, arriba de la rigidez de sus brazos y piernas el día en que perdió la capacidad para hablar.

Pienso en esos nombres y personas que habitan en el cerebro, en la memoria, mientras oigo: «enfermedad neurodegenerativa, pariente de la esclerosis múltiple; padecimiento de vasos pequeños, una multitud de pequeños infartos cerebrales, quizás una parálisis supranuclear progresiva», y alguna cosa más que olvidé porque veía por la ventana a un gato neurólogo muy serio que movía la cabeza de un lado a otro como diciendo: qué barbaridad, qué salvajada.

Lo pongo así: he perdido a mi hermano mayor, lo perdí en la casa a oscuras en que se convirtió su cerebro la mañana en que me di cuenta de que olvidaba nombres, decía unas palabras por otras y disminuía su notable capacidad expresiva y facilidad prodigiosa para los idiomas. Abres una ventana y es de noche y hace un tiempo inclemente, del carajo.

La historia que quiero contar es muy personal y al mismo tiempo está hecha de la fina trama a la que los médicos se enfrentarán una, varias veces a lo largo de su profesión: la enfermedad incurable. Ustedes saben: la vida es breve; el arte, largo; la ocasión, fugaz; la experiencia, engañosa; el juicio, difícil. De eso trata esta historia, de ese trozo aforístico de Hipócrates, y de las sombras y fantasmas en que nos convierte la enfermedad y el tiempo. Por eso estas palabras aparecerán una y otra vez en este relato.

El asunto empezó años atrás. Una cojera indolora y poco visible le impedía a mi hermano las caminatas largas; esa piedra en el zapato se complicó con el tiempo hasta convertirle la pierna izquierda en un grillete de hierro forjado. El primer diagnóstico de un neurólogo portugués, hermano por cierto del gran escritor Lobo Antunes, prendió un foco rojo de alarma: una fístula cerca de la médula.

—Usted podría caerse muerto en cualquier momento —le dijo el médico—, hay que intervenir de inmediato.

La familia regresó de Portugal, donde mi hermano se desempeñaba como embajador de México en Lisboa. Nombres de médicos, eminencias capaces de tejer el más fino entramado. Un médico en Los Ángeles sabía de esa peligrosa intervención. Así llegamos por primera vez al Instituto de Neurología, a ciegas, perdidos.

Durante años mi hermano y yo hicimos bromas respecto a su cansancio crónico, a su indiferencia ante algunas cosas de la vida. Le atribuíamos a la obesidad su gusto por el sueño, o a una seria depresión. Mi hermano y Lilia fueron viajeros desaforados; algunas veces nuestras familias se unieron para realizar alguno de esos viajes. En París, en el Musée d'Orsay, mientras recorríamos salas de arte moderno y momentos extraordinarios de la pintura, lo encontré dormido ante el famoso doctor Gachet, una de las obras culminantes de Vincent van Gogh. Me senté junto a él y le dije:

—Puedo asegurarte que nadie se había dormido ante esta obra de Van Gogh. Si el gran pintor te hubiera visto roncar ante su tela, se corta la otra oreja.

Mi hermano despertó a risotadas ante la mirada irritada del guardia francés. Me dijo:

—Estoy cansado, carajo, no hemos parado de caminar. Lilia tiene espíritu de exploradora y yo el del doctor Gachet.

Tenía razón. Gachet fue un médico homeópata y psiquiatra, su imagen representa para la eternidad l'ennui, el tedio. En ese tiempo, Pepe vivía hundido en un inexplicable spleen, una nube de desinterés que sólo paliaban sus libros alemanes, la poesía, las novelas. Durante los viajes, por las noches leíamos a todo vapor y durante el desayuno intercambiábamos páginas. Yo ponía junto al pan autores franceses o libros en lengua francesa; él junto al café colocaba todo lo alemán y algunos libros sobre uno de los intereses de sus últimos años: los genocidios, los peligros mortales del totalitarismo.

No tengo pruebas médicas para afirmar que el cansancio y la indiferencia eran ya los síntomas de una enfermedad en sus inicios, pero lo afirmo, no se necesita ser médico para observar e inferir, sobre todo cuando la memoria permite darle un orden lógico a los hechos, un orden que no tiene el presente. Por eso Kundera afirmaba que pasamos por el presente con una venda en los ojos: sólo cuando hemos pasado ese momento podemos quitarnos la tela de encima, voltear y ver lo que ocurrió. Así me retiro yo la tela en estos días tristes.

Dos postales. Una de Toledo, España: vino, tapas y una caminata bajo un sol de treinta y cinco grados. Entramos a ver «El entierro del conde de Orgaz», de El Greco, en la parroquia de Santo Tomé. Pepe me dijo que no podíamos perdernos ese momento mayor del manierismo. Adentro, sentados frente a esa imagen sobrecogedora le dije:

—Ya entendí, a ti El Greco te importa una chingada: tú lo que quieres es el aire acondicionado que conserva esta obra mayor del siglo XVI —le dije mientras me daba cuenta de que cerraba los ojos.

—Un sueño de diez minutos —me dijo—. Ayer me dormí en el teléfono que te cuenta la construcción de la catedral de Toledo; lástima que sea tan breve la historia. Me despiertas en diez —y se durmió, de verdad se durmió y de verdad lo desperté en diez minutos.

La otra: en Sevilla, bajo un calor de cuarenta grados, caminábamos por una calle arriba del Guadalquivir. Al dar la vuelta en un callejón descubro una placa: «En esta casa nació el 21 de septiembre de 1902 Luis Cernuda».

—¿Viste quién nació aquí? —le dije bañado en sudor.

—A mí en este momento Cernuda me importa un cacahuate, yo lo que quiero es regresar al hotel a dormir.

Al día siguiente, Pepe llegó con dos ejemplares de *La realidad y el deseo*:

—¿Lo leíste?

—Sí, cuando leí *Cuadrivio* de Paz.

—Un gran poeta, pero su casa bajo cuarenta grados me importa un cacahuate. Te lo dejo —me dio el libro—, para que lo leas otra vez —y regresó a su cuarto, en el hotel Gustavo Adolfo Bécquer para más señas.

—En este hotel lo menos que nos pasará será volvernos cursis —me dijo antes de desaparecer por el pasillo—. «Volverán las oscuras golondrinas...»: no mamen —y volví a verlo hasta la hora de la cena.

Le damos demasiada importancia a la mente freudiana por encima del cerebro. En ese entonces todo lo reduje a ese edificio legendario del yo, el ello, el superyó. Le dije a Delia, mientras ponía en orden y vestía a nuestros hijos, que pensaba que Pepe estaba deprimido, y quizá lo estaba, pero nunca se me ocurrió que algo más podía ocurrir en su cabeza. Tenía cincuenta años, fumaba una cajetilla y media al día y por nada del mundo abandonaba la vida sedentaria. Escribía entonces un libro de ensayos narrativos: *El imperio perdido*.

Los descubrimientos extraordinarios del doctor de Viena cambiaron nuestra idea de la intimidad, de la sexualidad, del mundo, pero retrasaron los avances de la neurología. A veces una tomografía puede develar una enfermedad que quisimos entender solamente como parte del edificio de la mente freudiana: la madre, el padre, los sueños, el deseo, la neurosis. No siempre es así en esa oscuridad. Mi hermano había caído, sin darse cuenta, en una zona de sombra del cerebro y quiso buscar una zona iluminada por medio de la mente freudiana. Error. Un error sin culpables, pero un error.

Llevado por su interés y pasión por el psicoanálisis, y por Lilia, decidió entonces tomar una terapia psicoanalítica. No era la primera vez: durante un tiempo, las turbulencias de su vida, los fantasmas del pasado, el temor a no dominar sus miedos y la angustia lo llevaron al diván de una psicoanalista con reputación de acero inoxidable. Al cabo de dos años, mi hermano fue expulsado de aquel consultorio; su fabulación desaforada enredó o trató de enredar a la analista y ella lo remitió a la soledad de los problemas sin psicoanálisis, es decir, a sí mismo.

—Eres el único caso que yo conozca de expulsión del análisis —le dije a risotadas una tarde de whiskys, mis tragos, porque mi hermano fue un consistente abstemio. Le pregunté—: ¿Le dijiste mentiras?

—Desde luego que no, simplemente cambiaba un poco las historias, en realidad la transferencia descompuso el asunto.

—No te creo. Le decías mentiras, confiesa.

—No. Al contrario, le dije sólo verdades aparentes —quiso enredarme en no sé qué sofisma.

Mi hermano había adquirido cierta fama como fabulador empedernido; instalado en una rara e innecesaria mitomanía, convertía la realidad en una ficción. Acaso por esta razón, Héctor Aguilar afirma que Pepe fue una novela que no necesitó escribir. Me gustaban sus mentiras, una forma de sublevarse ante la realidad, ficciones cubiertas a risotadas cuando yo lo descubría.

Imprudentes como éramos, mi hermano y yo decidimos unir a nuestras familias para que nuestros hijos conocieran Orlando, el gran parque de diversiones de Walt Disney. Nuestra vida entonces también era un parque temático: una raíz común, literatura, familia, nuestro pasado y la idea de que en cierto sentido habíamos derrotado a nuestro destino de jóvenes de clase media, sin dinero, con un padre extraordinario, ausente, loco, y una madre melancólica, solidaria.

Lo veo clarísimo, como se ve un recuerdo que se niega a desaparecer porque quiere decirnos algo. Una noche de calor, mientras caminábamos por un andador de un *resort* del Marriot, sin tropezar con nada, Pepe se derrumbó como si hubiera recibido una descarga eléctrica, los lentes reventaron en el asfalto y se raspó el pómulo. Dejamos pasar el incidente rumbo al futuro, el lugar donde un día todo viene a ajustar cuentas. A Eugene O'Neill le gustaba decir que no hay presente ni futuro, sólo el pasado que se repite. Quizá tuvo razón.

II

Cuando los síntomas se hicieron visibles para él y para todos, me refiero a la cojera, a las palabras a rastras, a la memoria fatigada, a los textos con palabras que nunca habría utilizado, empezaron los estudios, las tomografías; ante nuestros ojos, el laberinto blanco de los hospitales.

De la nada, como empiezan las pesadillas que creamos en la oscuridad de la noche y en la noche dentro de la noche del cerebro, un médico radiólogo diagnosticó esclerosis múltiple con una serie de imágenes en la pantalla. Falso, dijeron los especialistas y se abrió otra puerta: enfermedad de vasos pequeños. Más estudios, kilos de negativos, visiones de la memoria, el lenguaje, el movimiento, la vista, potenciales evocados, en fin, visiones de la vida misma de donde mi hermano trajo relatos, libros de ensayos, traducciones del alemán.

Cada vez que yo veía el cerebro de mi hermano y un neurólogo nos explicaba las zonas donde ocurrían pequeños infartos, yo sentía con claridad cómo se complicaba el diagnóstico y él daba un paso más en la oscuridad. Me preguntaba adónde iría a parar su memoria capaz de citar a Goethe, tiradas completas de versos de Neruda y Borges. Sé que hay una explicación médica, pero aprendí en ese tiempo que la medicina no puede responder a todos los misterios de la vida. Desde entonces supe que escribiría este informe, un poco para despedirlo de este mundo, para sentirlo cerca antes de que desapareciera para siempre.

Meses después tuvimos en las manos un nuevo diagnóstico: leucoaraiosis. Un neurólogo me señaló la masa blanca ocupada por extraños hilos oscuros a punto de mover la marioneta del cerebro, capaces de anular territorios cognitivos, de morder el lenguaje, prenderle fuego a la lectura, destruir la base de la escritura. Busqué en los diccionarios de mi hija, médica de la UNAM, en la red. Lo que encontré me llenó de estupor pues se trataba de una enfermedad que consiste en la pérdida difusa de densidad en varias regiones de la sustancia blanca del cerebro y puede aparecer en distintos procesos como el alzheimer o la demencia multiinfarto. La noche en que leí las características de la leucoaraiosis me di cuenta de que nos enfrentábamos a algo muy grave. La madrugada de esa noche desperté, caminé al estudio, a oscuras, y pensé: La cabeza de Pepe se pierde sin remedio.

Cuando escuchaba a los médicos, mi hermano perdía la fe en sí mismo. Nunca se lo dijo a nadie pero yo sabía que él, un lector empedernido de Freud, había rendido una plaza que nunca entregó en su vida, ni siquiera cuando se fue de casa a los veintiuno, cuando yo tenía siete años.

Vengo de un tiempo en el cual el aeropuerto de la Ciudad de México era tan pequeño que quienes despedíamos a un viajero podíamos salir al aire libre y decir adiós detrás de un barandal de hierro a unos metros de la aeronave. La compañía de aviones se llamaba Aeronaves de México. El viajero contestaba con la mano en alto antes de subir a la escalerilla del avión. Una de las diversiones de esa ciudad perdida en mi memoria consistía en ver los despegues y los aterrizajes.

En ese aeropuerto despedimos a mi hermano mayor a principios de los años sesenta. Viajar a Alemania en ese entonces significaba algo terrible, un abandono, un adiós casi definitivo. En esa ciudad y este recuerdo, la familia se había mudado de casa una noche antes del viaje de mi hermano. En la calle Herodoto, en la colonia Anzures, mi padre había rentado un departamento amueblado. No sé adónde fueron a parar los muebles de la casa anterior. Yo tenía un rifle y le disparaba a mi hermano con balas guturales, él se fingía herido y se tiraba en la cama con la mano en el corazón.

La mañana que despedimos a mi hermano, la familia estaba lista a las ocho de la mañana: un padre, una madre, tres hijas y un niño de siete años. El niño soy yo. Después de las descargas de mi rifle, mi hermano me leyó una página de *Platero y yo* de Juan Ramón Jiménez. Esa noche, la víspera del viaje, entre maletas y mortificaciones, aprendí a leer; las palabras, una tras otra, disparaban significados.

Debimos ir al aeropuerto en taxi porque el dinero no daba para coche propio. Si mi memoria no miente, en ese tiempo se había inaugurado el viaducto Miguel Alemán. Patiné sobre mis zapatos en el piso encerado del aeropuerto. Largo rato en el mostrador de Lufthansa; papeleos, maletas, mi hermano era un manojo de nervios.

Amigos de la universidad le llevaron a mi hermano un mariachi: de verdad, un mariachi, las emociones nos conducen a extraños abismos. No recuerdo si tocaron «Las golondrinas», qué sé yo. Lágrimas. Varias ceremonias del adiós, incluyendo la mía con mi hermano en cuclillas. Van a perdonar el momento de cine mexicano, al final sólo el melodrama es nuestro:

—Bueno, Manis. Me escribes cosas y cuidas a mamá.

En el barandal, al aire libre, mi madre me cargó para decir adiós. Una puerta blanca devoró a mi hermano. El avión tomó carretera y enfiló a la pista. Desde el fondo de una avenida, entre separaciones de pasto seco, vimos que aquel enorme artefacto levantaba la nariz, tomaba altura y se perdía sobre las nubes de la Ciudad de México.

Una beca de cinco años en Alemania era mudarse al otro mundo, al fin del mundo. No voy a meterme en camisa de once varas, no sé si ese viaje y esa beca fueron una huida, una salvación, un salto al vacío o todo al mismo tiempo.

El regreso a casa fue un funeral. Mis hermanas, en llanto; mi madre lo mismo. Papá me llevaba de la mano, me la apretaba. De niño me mareaba en los coches y el estómago me descomponía todo el cuerpo, mi madre bajaba la ventanilla para que me diera el aire. Reconocía sin problema la calle Melchor Ocampo, la vuelta en Copérnico y luego la entrada a Herodoto.

En esos días, mi padre sacó del clóset una máquina de escribir vieja, grande como un tractor; metió en el rodillo papel cebolla, una hoja de carboncillo y detrás otra cuartilla de papel revolución. Fumaba sin parar y tecleaba. Le pregunté una y otra vez, como una tarabilla, qué escribía. «Una carta para tu hermano», me dijo. Leí esa carta cincuenta años después en una hoja amarillenta de papel revolución, una larga carta de amor y arrepentimiento.

Un anciano de noventa años, papá, me dio la carta un poco antes de morir. Se la mostré a mi hermano, pero no quiso leerla. «Guárdala tú», me dijo. La guardé. En esas hojas de papel cebolla mi padre le pedía perdón a su hijo y además le confesaba su amor y orgullo por decidirse a estudiar. Había sido duro, a veces cruel con el temperamento desbocado de mi hermano; los pleitos entre ellos eran parte de la vida cotidiana. Yo miraba esos encuentros con una especie de curiosidad incrédula, como si fueran dos actores durante una representación. Así ocurrió la mañana en que mi padre persiguió a mi hermano con un martillo y un cinturón, no miento, y éste, armado de una silla y unas tijeras, lo rechazaba subido en una cama.

La escena tenía algo del prodigio con que el odio transforma a las personas: esa mañana mi padre despertó convertido en un león y mi hermano en un domador del odio. El odio es una de las correas que unen a los padres y a los hijos. Mi madre era la mano narradora, el réferi, por llamar así a sus dones negociadores. Les decía:

—Ya, Pepe, bájate de la cama. Y tú, Pepe, deja ese martillo.

Aquel pleito se recuerda en la familia porque duró mucho más que los otros.

—¡Acércate y te mato! —decía uno con la silla, en el movimiento clásico del domador, y con las tijeras Barrilito en la posición del que dará la puñalada terrible.

—Ven acá —decía el contrincante con su martillo y volando cinturonazos que se estrellaban en la silla protectora.

—¡Abusivo, autoritario! —decía el otro saltando en la cama con su silla.

Nunca supe el motivo de esta pelea, pero tuvo que ser una seria transgresión de las normas porque se armaron como si fuera el último pleito de sus vidas en aquel departamento de la calle de Nuevo León, en la colonia Condesa de la Ciudad de México. Ambos tenían razón, uno estaba, en efecto, trastornado, y el otro siempre fue autoritario y abusivo.

Este caso fue una auténtica catástrofe por lo que se refiere a las relaciones, ya de por sí oscuras, entre padre y primogénito y porque las consecuencias resultaron fatales. Rompieron varios de los pocos objetos que quedaban: una lámpara, un buró, dos ceniceros.

Mi padre y mi hermano, cada vez que se encontraban —por

llamar así a sus pasiones—, tenían que someterse a continuadas y dolorosas curas. Mi padre desaparecía con sentimientos de culpa que, imagino, Dostoievski no tuvo ni en sus peores días; por su parte, mi hermano se comía cuatro o cinco bolillos con dos o tres vasos de leche con tapa de sello rojo mientras leía a Sigmund Freud, ni más ni menos.

Esto traía nuevos disturbios. Las hermanas protestaban:

—Pepe ya nos dejó sin pan. Además, trae bolillos en las bolsas.

—Ya, Pepe, dales sus bolillos a tus hermanas.

Efectivamente la mano narradora, es decir mi madre, lo esculcaba y salían al aire los bolillos que volvían a las manos de las hermanas inconformes.

En ese tiempo ocurrió un hecho prodigioso: nos quedamos a oscuras ocho meses. Es decir, primero nos cortaron la luz; los señores de Luz y Fuerza se llevaron el medidor, ni siquiera se pudo colocar el tradicional «diablo», en el que, hay que decirlo, la familia era especialista, el cable que le roba la electricidad a los otros fue nuestra especialidad.

El trazo de un plan maestro implicaba gran discreción y sangre fría.

—Creo que ya salió el del tres. ¿Tienes los cables? —preguntaba mi padre.

Resultado: luz nueva mientras se arreglaba el problema, pero sin medidor no había nada que hacer. O mejor, sí se podía hacer algo, aprender a ver en la penumbra, como los gatos. Por las noches eran muy comunes los golpes en las patas de las sillas y las mesas, los tropezones en el pasillo:

—Fíjate, ¿qué no ves? —le decía Lourdes, mi hermana, a Pepe.

—No, no veo nada.

Pero cuando volvió la luz se reanudaron los encuentros que la oscuridad postergó.

Aquel departamento no tenía chimenea, pero el fuego se volvió una amenaza nueva y enigmática.

—Te voy a quemar esos libros que te están volviendo loco —dijo mi padre una noche en que mi hermano despertó en la madrugada gritando como si, en efecto, el edificio estuviera envuelto en llamas. Se trataba de una pesadilla.

Pasaron días y días sin que aparecieran signos de quemazones hasta la noche en que mi padre y mi hermano se volvieron dos escritores rusos. Se sabe que los escritores rusos siempre arrojan cosas importantes al fuego durante sus crisis de autoestima, pero aquí no había manuscritos de mil seiscientas páginas reducidos a cenizas ni objetos adorados ardiendo entre las llamas. Sin más chimenea que unos cerillos Talismán, de un lado uno de los contrincantes tenía la colección de la obra de Sigmund Freud traducida por López-Ballesteros; del otro, el rival sostenía un precioso saco ojo de perdiz y sus cerillos Talismán. La mano narradora decía:

—¡Van a quemar la casa!

Alicia, mi otra hermana:

—Si ves fuego, háblale a los bomberos.

Los contrincantes se decían cosas:

—Deja mis libros o quemo tu saco.

—¡Atrévete!

No se atrevieron. Los bomberos no llegaron y los escritores rusos se fueron a descansar aquella noche, maldiciendo que los departamentos modernos no tuvieran chimenea.

No incurriré en más detalles para no abundar en conclusiones confusas y cada vez menos seguras; después de tantos años, sé que el padre y el hijo se odiaban con tanta intensidad como se amaron.

Perdí mi rifle de plástico; o mejor, ese juguete se convirtió en un recuerdo. Mi hermano hizo una vida de quince años en Alemania que incluyó el inicio esforzado de una carrera diplomática y un triunfo académico raro en esa época para los estudiantes latinoamericanos en Europa. Inventamos una intensa relación intelectual; él trajo los primeros libros, la poesía de Samuel Beckett, algún tomo de Cioran. Una amistad literaria cubrió el hueso duro de roer de la competencia o de la envidia.

III

A partir del año 2006, mi hermano y yo dejamos de buscar-
nos y encontrarnos en los libros y en el pasado común. Nos
separó la política. Él se tiró de cabeza a la campaña de López Obrador a la presidencia de la República; a mí me tocó
cubrir para *El Universal* aquellos días y fui todo lo crítico
que pude con el candidato de la izquierda, de esa izquierda
a la que consideraba y considero proclive al autoritarismo,
dogmática, antidemocrática, mala perdedora. Yo sabía que
la política activa exige tiempo completo y una pasión definitiva por el poder que nunca reconocí en mi hermano, mucho
más dotado para el salón de clases que para la plaza pública,
más para la reflexión privada que para la arenga mentirosa
del templete y el estandarte. Nos confrontamos varias veces
y discutimos como adversarios dominados por la idea de
convencer al otro con rudezas innecesarias.

   La campaña por la presidencia fue extenuante. Nos en-
contrábamos en comidas de familia y en la casa de mis padres. Mi hermano estaba cansado y exultante, el candidato
de la izquierda aventajaba al de la derecha, Felipe Calderón,
al menos por ocho puntos en las encuestas de intención del

voto. Ese arroz parecía cocido en la olla de la izquierda. En el equipo de López Obrador figuraban al menos tres personajes de primera línea: Rogelio Martínez de la O, José María Pérez Gay y Juan Ramón de la Fuente. Sonaba bien. Voté por López Obrador.

Después de la elección, el candidato de la izquierda y su equipo de campaña sostuvieron que se les había despojado de la presidencia mediante un fraude que nunca pudieron probar, al menos no con pruebas que no fueran las fabricaciones de su líder. La persuasión es la magia de los caudillos. La historia es conocida, López Obrador partió a la ciudad, en la cual ganó la izquierda, con el plantón de Reforma, dividió al país, trató de impedir la toma de posesión de Felipe Calderón y se autoproclamó «presidente legítimo» en el Zócalo aprobado por una asamblea que votó a mano alzada. Nadie había intentado interrumpir la sucesión presidencial en el México moderno. De esto hablé con mi hermano una y otra vez mientras pudimos.

—No entiendo las mentiras —le dije pocos días después de las elecciones, durante el plantón de Reforma—. Tú sabes que perdieron; por un pelo, pero perdieron.

—Nos robaron la elección, se llama fraude —vi en sus ojos una mirada de resentimiento que nunca pensé que contemplaría de cerca.

—¿De verdad crees que hay un algoritmo que modificó los números del conteo preliminar? Carajo, Pepe, no jodan. Dile a Andrés Manuel que ya ha ganado suficiente: está en la puerta de la presidencia siguiente, además será jefe de la oposición durante seis años. No tiren por la borda lo que han conseguido.

—Un robo vergonzoso, manipularon la voluntad popular. Que recuenten los votos, casilla por casilla.

—Ustedes no pidieron voto por voto, esa es una consigna callejera. Horacio Duarte pidió doce mil casillas.

—¿Por qué te molesta Andrés?

—Voté por él. Te voy a decir qué me molesta de él: que sea un conservador de izquierda. Nunca militaste ni hiciste política activa, Pepe, ¿por qué ahora?

—¿Has visto el país? —me dijo con genuina intensidad—. López Obrador es un hombre honesto. Además, Andrés es mi amigo, como mi hermano.

—Dime sus posturas ante la interrupción del embarazo —le salí al paso—, el matrimonio gay, la adopción en parejas del mismo sexo, la despenalización de las drogas. Dime. No sólo tienes que llevarte dinero a puños a tu casa para ser deshonesto. Ahora, si es tu hermano, que lo sea. Pero no mío.

Algo se rompió en ese intercambio. Ambos supimos guardar esa verdad dentro de nosotros para evitar una separación definitiva.

Un año después de la elección, cuando cumplí cincuenta años, me diagnosticaron un cáncer de vejiga. La muerte se acercaba a la casa y preguntaba por mí. Le llamé a mi hermano y vino de inmediato. Me acompañó a las primeras consultas, a los primeros tratamientos. Luego desapareció.

Nuestros padres entraron al valle oscuro de la alta vejez. Nunca vi a mi hermano tan decaído, silencioso, y de pronto tan colérico e irascible. La derrota política, mi enfermedad, los padres al borde de la tumba, lo arrojaron a la noche de la depresión. De nuevo: una noche dentro de la noche.

Pepe siguió su camino con López Obrador. Me llamaba por teléfono para preguntar por mi salud, o mi enfermedad, como quieran ponerlo. Hablábamos de los libros que nos acompañaban, le conté de uno magnífico, una *Historia del dolor* en la cual busqué refugio para las quemazones interiores que en esos días me cercaron con los tratamientos para el cáncer. Seguí su sombra por los comentarios de la familia y la prensa, los templetes y las fotografías con López Obrador, y nos separamos. Con los años, las despedidas se vuelven cada vez más difíciles. En esos días me costó un enorme trabajo despedirme de mi hermano.

Nos reencontramos un día de diciembre, tres años después; nuestra relación intelectual se sobrepuso a las diferencias. Para sellar el litigio le dije:

—Caminemos a tu casa y me invitas un whisky.

—No puedo —me respondió, y vi que se ayudaba con un bastón. La cojera se había convertido en una discapacidad seria.

Pepe me trajo de España un portento de restauración del pasado literario, de admiración y amistad: *Borges*, de Adolfo Bioy Casares. Nos leímos por teléfono pasajes completos a risotadas:

—Escucha esta maravilla —me decía con una voz que con esfuerzo dejaba atrás un roce metálico—: Borges a Bioy: «Vos sabés, a mí no me gusta que la gente me haga confidencias, porque mientras me dicen cosas importantísimas pienso en otra cosa y tengo miedo de que se den cuenta».

—Escucha esta —le leía—: cuenta que una vez estaba en el *hall* de la casa de Julio Molina y Vedia, que éste explicaba no sé qué teoría y que de pronto las chicas avisaron que en los cuartos de arriba había un incendio. Borges: «El humo invadía toda la casa, entraron los bomberos. Don Julio decía: "No es nada" y seguía hablando, un poco irritado porque nosotros pensábamos más en el incendio que en lo que él nos explicaba. Ahora está en la miseria, vive en un conventillo, escribe libros; después los copia cuidadosamente y dice que los ha editado. Es una edición de un solo ejemplar».

Aquel día de diciembre nos llevaron en coche a su casa de Coyoacán, a dos cuadras del lugar donde nos encontramos. Una tarde de frío: de verdad un extraño viento helado corría por el pasillo de su casa. Lo vi caminar con el bastón a duras penas; por primera vez le ofrecí el brazo para que se apoyara y él lo tomó con fuerza. Nos acomodamos en su estudio y hablamos como si nos hubiéramos visto el día anterior. Antes de terminar la sesión de libros y los inevitables comentarios de la vida pública, le mencioné un asunto que me preocupaba. Le di un sorbo al tercer whisky y dije:

—Guillermo Sheridan te ha exhibido.

—Me ataca por mis posturas políticas, porque es un furioso antilopezobradorista, un hombre de derecha.

—Te exhibe porque te trajiste completa de Wikipedia una reseña de *La vida de los otros* que tradujiste del alemán y publicaste con tu nombre.

El escritor Guillermo Sheridan publicó ciertamente la traducción firmada por mi hermano en *La Jornada* y la de Wikipedia sobre la gran película de Florian Henckel, idénticas.

—Tienes que cuidarte más que nunca; además, Pepe, no eres el único que habla alemán en México. En tiempos de internet, plagiar es al menos una ingenuidad: buscas en Google una frase y aparece el autor, o el plagiario. Además, que no escribas tú la reseña de un lugar que conoces de memoria, de una época que podrías contarnos como sólo tú sabes hacerlo, con un texto que probablemente nadie escribiría como tú, no lo entiendo.

—Cometí un error.

Le recordé una anécdota para reducir la tensión:

—Un lector de Beckett, amigo de muchos años, le leyó un poema largo. En algún momento interrumpió: «Carajo, me acabo de dar cuenta de que estas líneas son tuyas, te plagié». Beckett le contestó: «No importa, yo se las plagié a Dante». En fin, como sea, Pepe, no jodas. Si no tienes tiempo, no escribas.

Nos prometimos regresar a nuestra hermandad y amistad literaria, pero era demasiado tarde.

IV

Me llamó por teléfono. No olvido esa voz ligeramente metálica de alarma y miedo:

—Me caí de la escalera, Rafa. Fíjate bien lo que voy a decirte: te vi a ti, a mis papás, a Pablo y a Mariana. Te exijo que me creas: cuando caía te vi con claridad. Me duele todo, el cuello lo tengo hecho mierda. Debemos olvidar nuestras diferencias y vernos.

—Vamos para allá —le dije refiriéndome a mí y a Delia Juárez.

Más que el dolor, esa noche lo cercó el miedo. A la medianoche Lilia lo llevó al hospital. Llamadas telefónicas, caras largas. La angustia lo obligaba a ponerse de pie y sentarse una y otra vez. Cientos de veces. Lo sometí a varias bromas y todas las recibió con humor:

—Tú lo que tienes es el síndrome de Los Tecolines: ansiedad, angustia y desesperación —le dije y le recordé el aforismo de un amigo, refiriéndose al famoso trío de los años cincuenta y sus composiciones de amor desesperado.

Más estudios, uno tras otro en busca de una explicación, un puente que comunicara a la oscuridad con la luz, a la enfermedad con la salud, si tal cosa pudiera ser posible. Les recuerdo aquello que escribió Susan Sontag en *La enfermedad y sus metáforas*: al nacer todos recibimos dos pasaportes, uno para transitar por el mundo de los sanos, otro para moverse en el territorio de la enfermedad. Tarde o temprano usaremos el segundo. Mi hermano había empezado a cruzar distintas fronteras con el segundo pasaporte; yo mismo lo he usado y les aseguro que la tapa es negra como la noche.

El día que entré al hospital a visitarlo, la policía había tomado las entradas, las puertas de salida. El futbolista paraguayo Salvador Cabañas había ingresado esa madrugada con un balazo en la cabeza recibido en un antro de manos de un narcotraficante. El ariete americanista sobrevivió a un tiro en la frente. Entré al cuarto de mi hermano y le dije:

—Si Cabañas ha sobrevivido a un balazo en la cabeza, no veo por qué tú no saldrás adelante de una caída.

No supe lo que dije. Nos reímos, hablamos de libros y prensa. Vi una mirada triste, decaída, había cumplido sesenta y seis años. Se sentía como nos hemos sentido todos alguna vez: viejo y fracasado. Me contó de su estado de ánimo por los suelos. Perdió en el juego político y eso lo debilitó.

—Regresa a la literatura, estás en tu mejor momento.

De esa plática salió a la luz un libro de ensayos alemanes. Por desgracia me equivoqué: mi hermano se había fracturado la segunda cervical, una caída que suele ser mortal en la mayoría de los casos, en cierto sentido más grave que el caso de Cabañas. El neurólogo del futbolista lo atendió y le dijo:

—La intervención es necesaria, casi urgente.

Nos describió, con huesos de plástico y diagramas en color separados de gruesos libros una operación de caballo. Más opiniones, dos o tres; todas coincidieron en que la operación debería realizarse lo más pronto posible. Recuerdo esos días como un camino a oscuras con neblina; detrás de esa cortina avanzaban Lilia, mis hermanas y los amigos de mi hermano: Héctor Aguilar, Ángeles Mastretta, Luis Linares y Manqué, Luis Miguel Aguilar, Alberto Román. Todos sabíamos que el caso se agravaba días tras día.

Nunca olvidaré el miedo en su cara. Cuando le explicaron la operación, por dónde corregiría el médico la fractura, el tiempo de recuperación, el uso de un collarín rígido durante siete meses, la gravedad de la intervención, vi el rostro desolado de Pepe y recuerdo una voz de ultratumba que dijo:

—Qué caso más complicado.

Más estudios, resonancias, interpretaciones. De regreso a casa después del hospital, pensé en el miedo, esa raíz de la vida. Mis padres tenían mucho miedo a los temblores, ese temor era sólido como una roca del Tepozteco; ancestral, duro, ríspido. Cada nuevo sismo, ellos se acercaban más a la esencia del espanto. Si el viento movía la lámpara del techo, de inmediato sonaban las sirenas de los gritos, alarma general, todos a sus puestos, esto puede ser un sismo de intensidad diabólica. Todo empezaba con una pregunta desesperada:

—¿Está temblando? —la voz de mando se quebraba al borde del colapso.

—Nada, un viento colado —respondía alguien en oración y deseo de que en efecto el aire moviera las lámparas.

Pero si el movimiento del péndulo obedecía ciertamente a un pliegue telúrico, lo que seguía se parecía mucho a la locura: carreras por los pasillos, aullidos, gritos de salvamento. Nunca pedíamos ayuda que no fuera la del ministerio del interior de nuestra familia, a la calle sin pretexto alguno hasta encontrar el cielo abierto. Todavía en la actualidad, cuando alguien habla de la placa de Cocos yo sufro un sobresalto de taquicardia, no digamos la falla de San Andrés, esa mención podría provocarme náusea y dolor de pecho muy similar al de la angina.

Los cinco hijos de mis padres heredamos ese miedo, única fiera que hemos visto crecer en nuestra hierba. La verdad es que hemos roto récords de desalojo, treinta segundos desde un segundo piso; nada mal. Mi madre organizaba evasiones como un general mientras los grados Richter subían como un alacrán por nuestra garganta.

—¡Tiembla! Todos a la puerta.

Mi madre reunía a la manada a campo traviesa. Por esta sinrazón poderosa mis padres nunca rentaban más arriba del tercer piso, y si digo nunca, no miento. Una de las más agrias discusiones que recuerdo entre mis padres ocurrió cuando papá quiso rentar en un sexto piso y mamá le dijo:

—Vivirás solo, o con quien te dé la gana.

Se acabó el proyecto y nos mudamos a una casa de renta cara cuyo compromiso no pudimos enfrentar y la abandonamos en unos meses. No recuerdo si tembló en esa temporada; seguramente sí, en México siempre tiembla, en nuestra vida urbana el sismo es moneda corriente del recuerdo. Cómo temía mi hermano a los temblores, su rostro se transformaba, su mirada desbordada atravesaba las paredes.

Me fui de la casa de mi infancia e hice el duro aprendizaje de la vida doméstica, raspé la herrumbre de la vida en pareja. Me desvío, lo que quiero decir es que en una cama y en compañía, descuidé el miedo al temblor. Imprudencia. Vino el primer temblor de mi matrimonio, unos cinco o seis grados en el sur de la ciudad. Quisieron retenerme con cuatro conceptos de la psicología: no hice caso y me escapé recordando a mi madre. Solo en la calle, caminé como un león en busca de su jaula.

El segundo temblor de mi vida en pareja subió de tono: unos 6.5 grados a bordo de un departamento de tercer piso que se mecía como un bote en aguas bravas. Los conceptos de la psicología triunfaron sobre los traumas de mi infancia y permanecí bajo el marco de la puerta del baño. Nunca decepcioné tanto a mi madre; cuando se enteró de que no había ganado la calle y el cielo abierto, me dijo desconcertada:

—No te entiendo.

Sabemos que el destino juega a los dados con nuestros sueños. El tercer temblor de mi matrimonio ocurrió el 19 de septiembre de 1985. Los conceptos elementales del psicoanálisis habían sepultado el miedo y mi mujer y yo nos quedamos dentro del departamento a las 7:19 de la mañana, como si nada, como si todo. Lo demás es trágica historia conocida. Antes de la réplica del siguiente día, mis padres hicieron una maleta y se mudaron a Cuernavaca, allá vivieron diez años de sus vidas. Antes de irse, mi madre me habló por teléfono y me dijo, sin venganza ni encono:

—Si tiembla, a la calle.

Aquella réplica fue un deslave de la locura de casi ocho grados. Yo dirigí el desalojo.

Uno de los más recientes temblores me recordó a mis padres y a mi hermano y me trajo una lección de infancia:

nunca mates al miedo, déjalo envejecer tranquilo en el fondo de tu alma. Algo de todo esto iba a contarle a mi hermano la mañana en que le dijeron que debía dar el paso al quirófano o esperar resultados fatales.

A partir de entonces ambos olvidamos la política y los bandos, al final, necedades del orgullo y frutos del egoísmo. Volvimos a vernos dos o tres veces por semana, un refugio contra el mal tiempo de la enfermedad.

Personas que quisieron bien a mi hermano, pero lo aconsejaron mal, lo convencieron de que la intervención se realizara en Phoenix, Arizona, en el Barrow Neurological Institute. Lilia aceptó y entró en contacto con el doctor Theodor; fue la única ocasión en que ella y yo tuvimos un diferendo serio.

—Te aseguro que el éxito de la operación es mayor en México que en Arizona, que lo decida él —le dije en tono alto—. No nos dejemos engañar por la vieja idea de que fuera del país la medicina es mejor. El idioma, el viaje, todo va a complicarse.

—Quiero que tu hermano vuelva a leer, a escribir, que tenga una vida.

—Pepe no volverá a leer ni a escribir ni a tener una vida como la tenía antes —me desesperé y le tiré mi tristeza y frustración a la cara.

Por desgracia no me equivoqué. Si fuera al psicoanálisis, al analista le diría que la culpa me taladra, como si con ese comentario yo mismo le hubiera arrancado la vida a mi hermano.

Tiempo atrás no quise meter la cuchara en una de las salidas de emergencia que la desesperación puso a su alcance:

Cuba. Amigos de la peña cubana que creen a pie juntillas que la medicina de ese país atravesó sin dolor el fuego de la tragedia de carestías y pobreza de la isla, le explicaron los milagros de los médicos cubanos. En diciembre, me he perdido un poco en el tiempo, pero no le quita o le pone nada a este informe triste, las fiestas ocurrían mientras los amigos les abrían paso en Cuba a Lilia y a Pepe. Antes de su viaje, le deseé suerte y le dije:

—No te vayas a quedar allá. Te recuerdo que no tienen cadenas de televisión ni periódicos ni librerías bien surtidas; te veo leyendo el *Granma* y *Juventud Rebelde* tres veces al día.

Soltó una extraña risa desprendida de la tos, o de un lugar desconocido de su cuerpo.

Días después Lilia me llamó por teléfono y me contó de los exámenes y los primeros resultados:

—Los médicos no tienen duda: esclerosis múltiple. Enviaron líquido cefalorraquídeo fuera de Cuba para la prueba definitiva.

—¿Y cómo está él?

—Deshecho. Volvemos el fin de semana.

V

A partir de entonces Pepe comió en la casa todas las semanas. Escuché cómo su voz se convertía en un pedazo de metal y su cabeza cometía fallas de pensamiento. Nos habíamos propuesto leer junto con Delia un libro en voz alta después de la comida. Durante esas sesiones supimos todos, incluso mi hermano, que algo se había perdido para siempre. Los médicos del Instituto de Neurología se habían acercado a la enfermedad y la vieron de frente. Uno de ellos nos dijo a las hermanas y a mí:

—Lo que ustedes ven ahora es lo mejor que verán a su hermano.

El médico Theodor, de Phoenix, fijó la fecha de la operación y nosotros la del viaje. Le dije a mi hermano:

—Vamos al desierto. Dicen que Phoenix es uno de los lugares más feos del mundo. Te irá bien —le dije y le pasé una mano por el pelo, hacia atrás, como si quisiera despejar las sombras de nuestra vida y regresar el tiempo, a esa edad en que la desgracia no se atrevía a tocarnos.

—¿Tú crees? —me preguntó como si yo fuera médico.

—Estoy seguro —le contesté como un médico.

Sé que todos tenemos vocación de fantasmas. Mientras desordenaba un librero que quise poner en orden, encontré esta línea de Montaigne: «El presente no existe, lo que así llamamos no es otra cosa que el punto de unión del futuro y el pasado». Los médicos se dedican a crear este poderoso filtro: la unión del futuro y el pasado. Muy cerca de Montaigne había un libro de fotografías antiguas y crónicas viejas de la Ciudad de México. Junté ambos hallazgos, dejé un reguero de libros y busqué en el pasado un lugar en el que me hubiera gustado perderme en ese momento para dejar atrás esa zona que se llama presente en la cual mi hermano sufría y yo me sentía extraviado. Le conté a mi hermano de nuestra vocación de fantasmas y él me tiró un as a la mesa:

—Yo ya soy un fantasma —sus palabras salieron entre el bocado de una quesadilla.

Freud dejó correr ríos de tinta para demostrar que la sombra de los padres persigue a los hijos durante toda la vida. Uno de los temas de las extraordinarias ficciones narrativas del doctor de Viena se concentra en el hecho de que los padres adoran y fastidian a sus hijos; esta tuerca freudiana dio otra vuelta esa tarde en que conversaba con mi hermano. Mientras intentábamos reconstruir la personalidad de los fantasmas, él le dio una nueva mordida voraz a la quesadilla y entonces un puente de tres molares y un premolar dejó de cumplir el trabajo de comunicación entre las piezas dentales.

—Los dientes son una monserga —le dije—. Es un mensaje de nuestro padre, que quiere decirnos algo desde el más allá.

—No jodas —me dijo mientras intentaba sin éxito regresarlo al lugar en el cual lo pusieron los ingenieros dentales—. Se vino abajo este puente —me dijo con una pieza larga, como pequeños vagones de tren, en la palma de la mano.

Dije algo que no supe por qué recordé:

—La primera película que vi en el cine fue *El puente sobre el río Kwai*; me llevó papá al Palacio Chino en 1964. Los ingleses pasaron trabajos indecibles para levantarlo.

—¿Y eso qué? —se inconformó mi hermano.

—Nada —me disculpé—, lo decía por los puentes y los padres. Si no es una señal de papá, entonces es una repetición del padre —rematé sin confesar que en el fondo creía de verdad en esa leyenda.

Ambos conocíamos la historia de los dientes de mi padre. El tiempo cumplía en él la devastación de los años: un día nos enseñaba un colmillo entre los dedos índice y pulgar, y mi madre se escandalizaba; otro día un premolar. Nunca tuvo dolor. Le rogamos que fuera al dentista, pero siempre puso pretextos impostergables para evitar el consultorio. Mi padre siempre postergaba las cosas, le apasionaba posponer aunque en el fondo eso le trajera angustia y desesperación.

Una mañana nos mostró un diente frontal superior, se lo sacó de la boca como si acabara de suceder el desprendimiento. Mi madre le reveló la verdad:

—Estás chimuelo.

No fue al dentista. Aceptó sin sublevaciones su nueva condición: se tapaba la boca con la palma de la mano cuando reía, y no reía poco. Mi padre logró algo mucho más difícil que sentarse en el sillón del dentista: entrenó al labio superior para que, como los telones del teatro, subiera y bajara sólo cuando él diera la orden. Aun así, se notaba que estaba chimuelo.

En una reunión de familia, entre el ruido y los gritos con que intentan conversar todas las familias del mundo, vi la boca de mi padre y noté que donde antes se veía un espacio oscuro brillaba algo blanco. Le pregunté si se había decidido al final a pasar por el sillón del dentista. Me miró a los ojos, se llevó los dedos índice y pulgar a la boca y extrajo de la cavidad un botón. Sí, un botón de nácar con solamente dos hoyos para que el hilo pasara por esas oquedades.

Me había engañado y a él el engaño lo ponía feliz: el botón se acomodaba a la perfección entre los otros dientes. Si uno se acercaba durante la siesta de mi padre lo veía en el buró, lo usaba sólo para las grandes ocasiones: fiestas familiares, cumpleaños de sus hijos, en fin. Un día me contó, sombrío, dominado por la pesadumbre:

—Me tragué el botón mientras comía bolillo.

—Ve al dentista.

Yo tenía recursos como para pagarle un dentista a mi padre:

—Ve al dentista, yo invito.

El botón de nácar quedó en el pasado y mi padre siguió su camino rumbo a la dentición infantil, pero los dientes no crecen tres veces en nuestra boca.

Estábamos tomando café en su casa cuando entró un hombre con una compresora; su aspecto —el overol de mezclilla, la caja de herramientas— recordaba a los plomeros de mi infancia. Mi padre lo detuvo con un ademán histriónico y me dijo:

—Te presento a Jerónimo, mi dentista. Atiende a domicilio.

Salí de la casa de mis padres como alma que lleva el diablo. Jerónimo le diseñó algunas piezas dentales no sin cierto talento. Durante un tiempo mi padre lució una dentadura espectacular, rejuveneció y es probable que el primer resultado de sus dientes nuevos haya sido el amor de una mujer; la zona de desastre que fue su boca se había convertido en un espacio de piezas bien dispuestas. Mis temores a la infección provocada por los instrumentos que pude ver en la caja de metal fueron infundados.

Al poco tiempo, mientras mi padre comía una quesadilla perdió una pieza. En los días siguientes los dientes postizos se desprendieron uno tras otro y papá volvió a ser chimuelo, más que antes.

Después de recordar esta historia, le dije a mi hermano:

—La sombra del padre, lo dijo Freud. O un mensaje del más allá.

—Las dos cosas —me respondió.

El avión aterrizó en Phoenix, Arizona, una tarde de calores desérticos. Del aeropuerto al hotel, cercano al hospital, anchas avenidas recorren el valle del Sol sobre el cual inventó esa ciudad un aventurero en los sesenta del siglo XIX, luego de que Estados Unidos se apropiara de una gran parte del territorio mexicano. Al norte del desierto de Sonora, Phoenix reproduce el clima de sol a rajatabla. Apenas pusimos las maletas en el hotel, salimos a perdernos en la cuadrícula ordenada de la ciudad.

En un cuarto de terapia media, mi hermano nos vio llegar: mi hermana Lourdes, Mariana su hija, Delia y yo.

—Me taladraron el cráneo —me dijo señalándose la cabeza.

No mentía, le habían atornillado un aro de metal a la cabeza. Mientras Lilia y su hermana Alma nos explicaban los procedimientos, vi en la cabeza de Pepe la coronilla que le habían adherido con tornillos; de ella salía una polea que terminaba en un sistema de pesas. La intención de ese aparato: abrir con presión las vértebras y alinearlas a la hora de la intervención quirúrgica.

—El género humano no progresa tanto como supone —le dije—, este aparato seguro lo inventaron en la Edad Media.

Esa noche, en el hotel, Delia y yo tomamos un lugar en el bar, atendidos por extraños vaqueros de Arizona; bebimos varios tragos mientras desahogábamos nuestros miedos a la operación del día siguiente. Al fondo, de las bocinas del lugar sonó, lo recuerdo, «Cuando llegue a Phoenix», una canción que mi hermano cantaba en su juventud, en una versión en español de Rene y Rene en imitación de Glen Campbell, un monumento a la cursilería que yo escuché como una señal divina. Si la adversidad se acerca, uno hace cosas estúpidas. La infumable canción que me conmovió esa noche empieza así: *Para cuando amanezca, voy muy lejos*. A nadie le confesé este episodio, lo guardé como se guarda una llave que sólo abre una puerta.

El día que operaron a mi hermano en Phoenix, un sol de treinta y cuatro grados desérticos le daba a esas calles la apariencia de una ciudad fantasma. Caminé desde el hotel hasta el hospital, allá los taxistas también son fantasmas. Guiado por la torre del Barrow Neurological Institute, atravesé calles anchísimas sin tránsito. El fundador de Phoenix, Jack Swilling, no supo qué clase de infierno creaba en el valle del Sol. Sin darme cuenta, crucé una zona de hospitales, edificios altos, modernos, una colmena blanca. Me despedí de Pepe mientras las enfermeras ordenaban la cama de ruedas y los filtros del suero y los analgésicos.

—Te veo más tarde —le solté la frase sin convicción y él me señaló con el dedo índice de la mano izquierda, que le quedaba libre de agujas.

Vagamos ciertamente como fantasmas por los pasillos del hospital e hicimos tiempo en la sala de espera. Duración: siete horas. Salimos a comer en silencio. Ante la enfermedad siempre existe la fe, pero soy pésimo para ejercer las virtudes teologales.

Al anochecer, el médico Theodor apareció en la sala de espera y le dijo a la familia que la intervención había salido bien. Se sentía razonablemente satisfecho, nos explicó largo los detalles y agregó que había retirado la mitad de una costilla para fabricar sobre la marcha una parte de la cervical fracturada.

A la mañana siguiente regresé a terapia intensiva. Vi a un hombre inconsciente, conectado a cuatro o cinco cánulas, entubado para respirar, cableado con aparatos que miden los signos vitales. Me acerqué y le pregunté:

—Si me oyes, parpadea —y de inmediato parpadeó—. Mueve la pierna —y la movió—, ahora la mano —también.

La terapia intensiva es lo más cerca que alguien puede estar de la muerte: en un extremo está la vida, en el otro la oscuridad de la nada. Nadie sabe, ni los médicos, los movimientos de la mente durante esos cuidados intensivos, los pasos hacia el abismo o el regreso al mundo de los vivos; en esa frontera Pepe vivió quince días. Al cuarto, el médico tratante descubrió un principio de neumonía que lo alarmó. Delia y yo regresamos a México con el alma en los pies, seguros de que volveríamos a Phoenix en unos cuantos días a presenciar la gravedad de mi hermano y quizá el final de su vida.

VI

En esos días yo escribía una novela sobre la enfermedad y el final del siglo XIX y su cambio al XX en la Ciudad de México. Un investigador de la cultura escribe una novela cuando le informan que tiene un cáncer de vejiga: todos los personajes del pasado y del presente se convierten en fantasmas.

Una línea de investigación me llevó al palacio postal del centro, nuestro primer gran inmueble de correos. No exagero si digo que se trata de uno de los grandes edificios de la Ciudad de México; el tiempo ha conservado la obra del arquitecto Adamo Boari en el Eje Central y Tacuba. La construcción se inició en 1902, cuando Porfirio Díaz puso la primera piedra. El gran bastimento quedó terminado el 17 de febrero de 1907 y el gobierno celebró con una gran fiesta a la que arribaron el presidente Díaz y su gabinete en pleno.

Para plantar esta enorme construcción, el arquitecto mexicano Gonzalo Garita proyectó la cimentación y se contrató en Nueva York el acero estructural del armazón. El hierro y el bronce fueron traídos de Florencia, la cantera blanca de Pachuca y los mármoles de Santa Julia; el piso original y los acabados de bronce que aún se mantienen en algunas partes de la planta baja y el primer piso fueron importados de Venecia. Estamos ante el mascarón de proa del gran sueño porfiriano, el hechizo de Europa.

Si camino por los pasillos del Palacio de Correos y miro el reloj alemán, entro a un laberinto de papel, a una novela eterna escrita con todas las historias que pasaron por estos mostradores. Los fantasmas pegan timbres postales a sus deseos, se les llamaban cartas y contenían confesiones, secretos de amor, dolores, ilusiones, sueños, esperanzas. Uno de esos fantasmas es mi madre.

Mamá escribió cientos y cientos de cartas; no miento, cientos y cientos de ellas dirigidas a su hijo mayor, un joven que huía de su padre y buscaba su porvenir en otro país; en ese entonces no era tan común que los jóvenes viajaran y desde luego nadie soñaba con la velocidad de internet. Mamá escribía con una pluma Wearever en papel cebolla para abaratar, en pesos y centavos, el cargo de sus historias, verdaderas tramas de novela que le daban a mi hermano noticias de la familia, del país y de su alma. Una caligrafía antigua, ¿se llamaba Palmer?, protegía a sus personajes y una pulcra ortografía envolvía sus historias. Mientras yo daba vueltas como un volantín loco alrededor de la mesa, ella le mostraba su corazón a mi hermano y le confesaba su preocupación por mi vida: «un niño perdido en una familia rota», así escribió en una carta que tengo en mis manos.

De pronto el Palacio de Correos se ha convertido en un palacio de la memoria. No puedo hablar de cartas si no hablo de la maleta: contiene las letras que mi hermano le contestó a su madre durante los quince años que vivió en Alemania. Cuánto papel y cuánta tinta; las reunió el tiempo y me las trajo el azar. Una mañana la abrí: cartas en hojas azules cubiertas con una caligrafía finísima, sobres *par avion*, *air mail*, postales con imágenes de ciudades prestigiosas y recados de amor en el reverso. También creí palpar el remordimiento, nadie escribe una carta sin un poco de remordimiento.

Camino entre las columnas de escayola del edificio de correos. Avanzo entre sombras. Por cierto, las sombras nunca han servido para nada. El fantasma de mi madre le escribe una última carta a su hijo mayor. Sabe que ha caído enfermo, ustedes conocen a las madres. Lo alienta. ¿Cuándo llegará esa carta hasta nosotros? No sé si el pasado de este edificio le permitirá a esas líneas escritas con una pluma Wearever pasar la frontera del tiempo. Letras e imágenes, de eso trata la maleta. Y de algo que suelen hacer las letras y las imágenes: la vida. La carta nunca llegó

Mi hermano superó la terapia intensiva y la neumonía. Una sombra regresaba de la neblina, tocaba el turno a los neurólogos de revisar al cerebro de mi hermano. Mi hermana Alicia ayudó a Lilia durante varias noches. Cuando le retiraron el ventilador para respirar, Pepe insultó a Alicia, la mordió, la amenazó con los infiernos. Me llamó Alicia:

—Te lo voy a poner en el teléfono. Está como loco.

—Pásamelo.

»¿Qué pasa, Pepe? Qué bueno oírte.

—Tengo angustia, carajo, y nadie lo quiere ver ni atender.

—Mira, saliste de una operación complicadísima, te enfrentaste a un gigante. La angustia es un enano, no te dejes enredar por él.

Hubo un silencio en el teléfono que rompió su voz roída por los tubos, sometida por las circunvoluciones cerebrales:

—¿Qué, te crees un sabio? —me dijo, dispuesto a todo y más lúcido que nunca.

Tenía razón, le hablé como si conociera el túnel por el cual atravesaba; además, la angustia no es un enano, se trata de un enemigo potente y feroz capaz de hundir a cualquiera en la locura.

—Cierto, le voy a decir a Alicia que le pida más Rivotril al médico, o su equivalente. Te abrazo, aguanta. ¿Vas a aguantar?

—Sí.

—Entonces no te dejes vencer por los fantasmas.

Un grupo de neurólogos del Barrow Neurological Institute, encabezados por el médico Okuda, le diagnosticó a mi hermano esclerosis múltiple; de nuevo la oscuridad de la duda de la cual habíamos partido. Los dos extremos, los médicos de Cuba y Phoenix, coincidían en el diagnóstico. El médico Okuda afirmó que Pepe tenía por delante una vida llevadera, creativa, intensa a pesar de la enfermedad.

Se equivocó. Un collarín rígido acompañó a mi hermano durante siete meses. En casa, mis hijos Fernanda y Alonso, y Delia y yo, fuimos testigos de un deterioro sin pausa.

Las semanas siguientes a la operación traían consigo una mejoría leve. La voz de mi hermano se volvió gangosa y entrecortada, caminaba ayudado por una andadera, comía con dificultad. Los jueves se convirtieron en nuestro día; los martes eran el día en la casa de los Aguilar Mastretta y una peña de amigos que lo esperaba cada semana.

El tiempo se enredaba en su mente, cambiaba las fechas, movía los años, pero era capaz de enunciar asuntos serios con la dirección que él deseaba. Una tarde de lluvia, a los postres, me dijo sin venir a cuento:

—No te acompañé como merecías cuando te enfermaste.

—Eso ya pasó —le dije sin mentir; había pasado, quedaba atrás de la cortina del tiempo.

—Quiero que lo sepas —insistió.

—Lo sé —le respondí de frente.

—Extraño a mis papás —siguió en sus recuerdos y emociones.

—Yo también —le respondí a esa verdad, plomo caliente en nuestras vidas.

Dejó de caminar poco a poco y día a día. Se negó muchas veces a usar la silla de ruedas, a la que consideraba la última derrota de su cuerpo. Su voz se convirtió en un raro metal que yo no reconocía, a los errores de pensamiento se agregaron desorientaciones temporales. A la hora de comer le poníamos un babero, pues perdió la habilidad para manejar los cubiertos y la mitad de la comida terminaba en el suelo. Le dábamos de comer en la boca, unas veces me hacía cargo, otras Delia o su ayudante, o su enfermera.

Le dije a Lilia:

—Necesitamos un médico en México, Okuda no puede tratarlo a larga distancia.

Regresamos al Instituto de Neurología. Confirmé lo que sabía, que ése era el lugar de donde debimos partir. Un grupo de neurólogos revisó su caso; el pesimismo de sus caras lo decía todo. La novedad: un infarto cerca del bulbo raquídeo, el paladar caído, una depresión y demenciaciones ocasionales. No digo que los médicos hayan dicho literalmente esto que acabo de escribir, digo que así lo escuché. Me pareció oír de alguno que los síntomas correspondían a una parálisis supranuclear progresiva. Caminé a solas por uno de los pasillos frescos y sombríos del instituto y pensé: Pepe, mi hermano, morirá dos veces; esta es la primera.

VII

Una tarde de comida en casa noté que mi hermano hablaba con enormes dificultades, una palabra le costaba un esfuerzo sobrehumano, sí, más allá de lo humano; su voz sonaba antinatural, como salida de un raro aparato de viento, una flauta descompuesta.

—Te diste cuenta de que no puedo hablar —me dijo una tarde, otra vez el metal que raspa en la roca.

—Sí —le respondí y no pude añadir nada más—. Te ayudará la foniatra.

Entre las muchas terapias que cumplía para romper alguno de los cercos de la enfermedad, Pepe asistía al consultorio de una foniatra que le enseñaba ejercicios, respiraciones para emitir sonidos ayudado por el diafragma; durante algún tiempo fueron útiles para comunicarse con palabras precisas.

—Soñé que me diagnosticaban esclerosis múltiple —yo sabía que cuando quería hablar de algo importante decía que lo había soñado—. Me desperté llorando. ¿Tú qué crees?

—No sé —le dije la verdad—, a los neurólogos mexicanos no les parece una esclerosis. En todo caso parece una pariente cercana.

Aún en estos días me asombra que mi hermano nunca haya hablado del progreso de su enfermedad, del futuro, de cuánto tiempo le quedaba de vida, asuntos que le preocupan a todos los enfermos. Nunca preguntó ni quiso saber cuál era la próxima parada, nunca dio una instrucción al respecto. Una tarde, frente a la televisión, sin venir a cuento, volteó y dijo:

—Qué cruel es la vida.

—¿Por qué lo dices? —quise incitarlo, pero volvió a ver la televisión y no dijo nada más.

En casa se repetía cada semana una evasión: en algún momento de la tarde su mirada apuntaba como un rayo a un lugar de la nada, estiraba la mano y cerraba el puño como si quisiera tomar algo. Lo visitaban los fantasmas, los médicos llaman a esto demenciaciones. Pepe comía queso con la mano en grandes cantidades, tosía hasta el punto del ahogo, escupía el agua, usaba pañal.

El buen humor era una hazaña de su mente y su corazón; se ubicaba y entendía las cosas que lo rodeaban y de las cuales se hablaba, aún le quedaban algunas palabras que pronunciaba con dificultad. En esos días recordé la máxima de Wittgenstein que a él le gustaba citar: «Los límites de mi lenguaje son los límites de mi pensamiento». No sé si esto sea cierto, al menos no en ese tiempo de silencios.

Después de la comida en casa, mi hermano iba al psicoanalista. Contra mi opinión, él consideraba que le ayudaba aun cuando apenas hablaba.

—Llévale a tu analista una canasta surtida de sueños terribles.

—Le llevo uno de mamá —me contestó serio—. Mi madre, el origen de todos los males.

No permití que me arrollara ese tren de confusión y rencor:

—Mi madre te adoró —lo miré a los ojos y vi en ellos una duda genuina.

—¿Tú crees? —preguntó llevándose las palmas de las manos a los pómulos y añadió—: Quizá tengas razón —sus palabras salieron lentas, tristes, vencidas por la enfermedad y por los años.

No mentí, mamá tuvo por él un amor a prueba de infortunios y lejanías, una fidelidad a sus sueños que nunca traicionó.

Un jueves por la noche traje la maleta que me entregó mi padre antes de morir. Saqué un fólder grueso amarrado con un listón rosa: dentro de esa casa de papel viven las cartas que mi hermano nos escribió durante años, papá reunió al menos una parte de ellas y las guardó; esas hojas empiezan en el año de 1964 y a saltos llegan hasta los setenta. Busqué las que le escribía a mi madre y las leí una tras otra como si buscara la revelación de un gran secreto; cada episodio lo asociaba con un momento del pasado. Las ordené una tras otra, una cronología de amor y oscuridad, el calendario de un joven que venció todos los vaticinios nefastos que las familias de mi padre y de mi madre le pronosticaron al hijo mayor de un tarambana. En estas hojas, pensé, hay un mensaje para mí, voy a buscarlo. Las ordené como si fueran reliquias, objetos sagrados. Una fina caligrafía que ha desaparecido en el mundo de las computadoras relata malaventuras y éxitos, ilusiones y tropiezos, su matrimonio con una alemana, una nueva vida construida sobre el pasado, como las ciudades nuevas que sepultan a las anteriores aunque un simple hallazgo, una piedra, pone al descubierto una civilización. Cuando mi madre leía sus cartas, decía orgullosa y triste al mismo tiempo:

—Pepe no regresa. Ya hizo su vida allá lejos.

Después de aquella frase me convertí en el compañero de mi madre. Reviso las cartas y me doy cuenta de que la magia de los sueños realizados estuvo del lado de mi hermano, siempre lo acompañó un viento de fortuna. También pensé que la vida en Alemania lo fatigó más de lo que él mismo suponía: cuando volvió a México, quince años después de su partida, dedicó su vida al desorden, a las mujeres, no pocas por cierto, y a leer y escribir. Alemania lo había agotado y buscaba una compensación a la altura de sus esfuerzos alemanes. Sólo la vida con Lilia logró convencerlo de que empezaba un sueño mexicano.

Vuelvo a Flaubert: «Uno tiene que estar a la altura de su destino, es decir, impasible como él. A fuerza de decir: "Esto es así. Esto es así", y de mirar al pozo negro que se abre a tus pies, uno conserva la calma». Leí esta frase en *Nada que temer* de Julian Barnes y la fui a buscar a la *Correspondencia* para recuperarla y hacerla mía. El destino es una palabra enorme que desprecié durante mis años de juventud; en cambio, en mis años maduros, la invoco a menudo, he entendido que el destino es el lugar donde está ocurriendo la vida.

Mi hermano estuvo a la altura de su destino y mantuvo la calma: sufrió y pagó de más, pero salvo contadas ocasiones nunca perdió los estribos, o no hizo de la desesperación una forma de vida. Se encontró con el destino y estuvo frente a él largo tiempo, como si le peleara la decisión que le había impuesto con altos réditos.

Al derrumbe físico lo acompañó la erosión del habla: mi hermano perdió el lenguaje. Digo «perdió» en el sentido literal de la palabra, el silencio lo encontró y lo llevó a vivir a la enorme casa de sus misterios. Perdió la lengua. Recordé las primeras traducciones de Elias Canetti que Pepe hizo para el suplemento *La Cultura en México* que dirigía Monsiváis y la revista *Nexos* que dirigía Héctor Aguilar, en especial los fragmentos de un libro clave de Canetti, *La lengua absuelta*.

Delia le compró un pizarrón y un plumón de agua para que señalara *sí* y *no*, tarjetas con imágenes, letras imantadas para que respondiera a preguntas simples, en fin, hicimos todo lo que nuestra desesperación y cariño indicaban. Delia le pidió que nos dijera algo con las letras de imán en el pizarrón. Con el alfabeto frente a él compuso la primera, *mamá*, y la segunda: *Lilia*. Ni una más.

Un abatimiento me arrasó en la sala de mi casa y me llevó a rastras al pasado, al tiempo feliz en que mis padres vivían y los cinco hermanos con sus familias todo lo convertíamos en una fiesta; extraño ese tiempo sin adversidades. Pepe me trajo de esa memoria y me dijo:

—Álale… Álale… Álale —apenas entendía la palabra.

—¿A quién, a quién le hablo? —le respondí poniéndole a mis palabras una falsa naturalidad.

—Álale… Álale —movía los brazos arriba y abajo, y en su mirada había una furia tempestuosa contra su cerebro.

—¿Hablarle?, ¿a quién?

—Alila —sonó por fin el nombre de Lilia por medio de una voz ronca, traída de la oscuridad de su cabeza.

Le propuse un juego como si nada hubiera pasado; en el fondo me sentí un miserable, pero era peor guardar silencio y envolverse en la desventura.

—Voy a ponerte aquí en el pizarrón el nombre de varios

filósofos y tú me vas a señalar a tu favorito —él asintió con el dedo índice.

Compuse los nombres con una lentitud que me avergonzó y le dije:

—Como verás, no eres el único que está jodido.

Se rio a manotazos en las piernas; así, golpeando sus muslos y emitiendo sonidos guturales.

Escribí en el pizarrón: *Heidegger ( ) Hegel ( ) Schopenhauer ( ) Nietzsche ( ) Kant ( )*. Sin pensarlo, dirigió con torpeza, pero con exactitud, su dedo índice al nombre de Nietzsche, su filósofo de cabecera. Una coincidencia de la vida quiso que Nietzsche escribiera sobre la felicidad desde un dolor profundo; la locura lo consumió. Pepe siempre contaba del día en que Nietzsche vio a un cochero darle un fuetazo a un caballo para que se moviera. El filósofo cubrió al caballo con su cuerpo y empezó a llorar sin consuelo. Nietzsche nunca regresó de esa noche.

Uno de los jueves de comida cargué toda la tarde con la historia de Ravel que leí en el libro de Barnes: el gran músico murió poco a poco, el proceso duró cinco años y tuvo la peor muerte. Al principio el deterioro causado por la enfermedad de Pick (una forma de atrofia cerebral), aunque alarmante, no fue específico. Lo eludían las palabras; le fallaban las facultades motrices. Tomaba un tenedor por el extremo erróneo, era incapaz de escribir su firma, se le olvidó nadar; cuando salía a cenar, su cuidadora tomaba la precaución de prenderle la dirección de su casa con un alfiler en el abrigo. Pero después la enfermedad tomó un sesgo malignamente especial y afectó al Ravel compositor. Fue a una grabación de su cuarteto de cuerdas y, sentado en la sala de controles, hizo diversas correcciones. Una vez grabado cada movimiento le preguntaron si quería escuchar otra vez la grabación entera, Ravel dijo que no. La sesión transcurrió rápidamente y el estudio estaba contento de que todo hubiera ocurrido en una tarde. Al final, Ravel se volteó a ver al productor y le preguntó: «Ciertamente es muy bueno, recuérdeme el nombre del compositor». Lo llevaron a consultar con dos neurólogos. El primero dijo que su estado era inoperable y había que permitir a la naturaleza el libre curso de su fuerza; el segundo dijo que si existía la más mínima posibilidad de retener al gran Ravel en este mundo, había que intentarlo. Le abrieron el cráneo, observaron su cerebro extraordinario y el daño irreparable; cerraron. Diez días después, Ravel murió.

VIII

Me tomó años entender que la muerte es un hecho cruel que define la vida: sin la conciencia de ese acto sin retorno, nadie comprenderá la índole misma de la existencia; si no admitimos que los días felices están contados, no hay lugar para el placer y la diversidad de cosas magníficas que hay en el camino a la tumba.

Cuando Pepe regresó de Phoenix y vi el avance de la enfermedad, pensé que debió quedarse en la intervención, encontrar a la muerte ahí mismo. Esta verdad me taladró el alma por la noche con el veneno de la culpa, en el silencio, cuando estamos a solas con nosotros mismos. La rigidez del cuerpo le impidió a Pepe señalar con el índice. Dejó la andadera y pasó a la silla de ruedas, perdió las últimas palabras y sólo emitía un rumor animal, un ruido, un eco perdido en el fondo de su cuerpo. Entonces recurrimos a los párpados. Un parpadeo, *sí*; dos, *no*.

Uno de sus médicos lo revisó en su consultorio del Hospital Español. Mi hermano y yo recordábamos ese lugar y ese rumbo de la Ciudad de México por otra razón: cuando él vivía en Alemania, una quiebra financiera de mi padre nos llevó a un edificio y a un departamento prestado en la colonia Anáhuac, a dos cuadras de la vía del tren y de un basurero en la barranca que separaba la vía ferroviaria del muladar; Pepe hizo un viaje a México en esos días y entró al departamento del edificio en la calle de Miguel de Cervantes Saavedra lamentando nuestra caída económica y social. En el elevador del hospital le dije:

—¿Te acuerdas cuando te diste de topes porque éramos muy pobres?

Emitió sonidos que yo supe que eran una risa franca que Lilia secundó. No exageré, el arte dramático no le era ajeno. Un atardecer, cuando se oyó en el departamento el tren de Cuernavaca, extraños ruidos traspasaron la puerta del baño: *tup, tup.*

—El calentador está a punto de estallar —dijo mi padre sentado en la silla del desempleo, leyendo periódicos sin pausa.

—No —dijo mi madre—, es Pepe, que se da de topes en el calentador por nuestra pobreza.

El calentador, por cierto, funcionaba con combustibles de aserrín y de petróleo. Los cuentos de la familia le arreglaban el ánimo. Con imágenes y un esqueleto de plástico, el neurocirujano nos explicó de nuevo los daños, lo auscultó. En algún momento nos pidió que notáramos algo sin que Pepe lo viera: metió un abatelenguas hasta la campanilla y más allá sin que mi hermano tuviera reflejo alguno, la deglución se había perdido en su mayor parte.

—Me da pena pero no tengo nada que ofrecerles, no tiene caso una nueva operación porque la mayor parte de los daños no se localiza alrededor de la cervical, la intervención en Phoenix fue correcta. Si el doctor Pérez Gay viviera en el campo, hace meses que estaría sentado en una silla, perdido en otro mundo.

Pepe volteó a vernos y eligió una palabra que pudo pronunciar:

—Complicado.

Si mi hermano se desvanecía como una sombra en la noche, aún podíamos encontrarnos en el pasado de nuestras vidas, en esa zona de penumbra que permite los recuerdos. Durante la comida, mientras le daba de comer en la boca, le recordaba tiempos pasados que su fina memoria no había borrado. Una tarde le dije:

—¿Te acuerdas de cuando fui un joven actor de carácter?

Mi pregunta traía consigo el velo de la ambigüedad. Pepe se indignó cuando me incorporé, siguiendo a mi hermana Lourdes, a la militancia política en los años setenta. Mi hermana fue una activista de tiempo completo que venía del 68 y dedicó sus esfuerzos de juventud al teatro experimental, de batalla, comprometido. Por única vez, Pepe me persiguió como un hermano mayor, me reprochaba que hiciera mis primeras armas en el activismo de izquierda, en viajes constantes a Veracruz a ayudar a campesinos en rebeldía, o a Guerrero a dialogar con asesores del guerrillero Cabañas.

Mi hermano le mandó largas cartas a mi madre exigiéndole que me quitara de los riesgos y que no permitiera que dejara la escuela; yo siempre quise dejarla, no pude pero lo intenté varias veces. Nos llamaba dogmáticos, estalinistas, y sostuvo con Lourdes no pocas discusiones sobre el socialismo realmente existente. Entre los amigos lo acusaron de anticomunista, de intelectual de derecha.

Así, recordé con un flamazo de la memoria los extraños días en que un grupo de jóvenes universitarios, estudiantes de teatro, tomaron las instalaciones de un foro de la calle de Sullivan, casi esquina con Serapio Rendón. Digo «tomaron» para usar un verbo suave, en realidad debería escribir que esos jóvenes asaltaron las instalaciones de aquel teatro: una noche entraron por las ventanas y salieron años después. Los setenta conservaban fresca la sangre de la guerra sucia y la memoria herida de 1968; el teatro tenía la obligación de ser revolucionario, concientizar al pueblo y crear al hombre nuevo. Una locura ingenua, desesperada, alegre y desde luego ilegal.

Varios grupos teatrales se unieron a esa aventura y muchos jóvenes se improvisaron como actores revolucionarios. A esa reunión le pusieron el nombre de Centro Libre de Experimentación Teatral y Artística, CLETA; frente al Jardín Sullivan y cerca del Monumento a la Madre, el teatro se convirtió en un gran órgano de difusión revolucionaria que Lunacharski, el gran jefe del realismo socialista, habría elogiado. Entran a escena la Ciudad de México y un adolescente al que no puedo traer a comparecer, porque ha corrido mucha agua y nadie regresa al pasado sino con la memoria. El joven soy yo y la ciudad se había transformado y partido en muchos segmentos llamados ejes viales, la obra urbana que trazó el regente Hank González.

La organización del teatro se sostenía en las leyes de las comunas de los años sesenta: sexo libre, droga a discreción, consumo interesante de alcohol, sueños imposibles, lecturas caóticas, ilusiones de un mundo mejor. Si no recuerdo mal, antes del asalto al Foro Isabelino manejaba aquel escenario Héctor Azar y el director de Difusión Universitaria era Gastón García Cantú, representantes del nefasto teatro burgués y la academia reaccionaria, respectivamente. Así era la vida, o mi vida, a mediados de la década de los setenta, y mi hermano gritaba contra mis entusiasmos revolucionarios. Un día me dijo:

—O te pones a leer o te dedicas al rebaño, tú eliges —expresó con autoridad y verdadera molestia—. ¿Ya leíste a Alexandr Solzhenitsin?

—Puros inventos imperialistas —le dije desde mis dieciséis años.

—Quítate de esa cosa inservible, pierdes tu tiempo. El socialismo ha fracasado.

Desde luego no le creí. En la esquina de Serapio Rendón pasaba el camión Santa María, el Jardín Sullivan convocaba los fines de semana a pintores de bodegones y marinas, en la calle de Sadi Carnot una banda pionera de prostitutas miraba el horrible monumento que no merece ninguna madre; en la esquina de Insurgentes y Sullivan la marquesina del Run-Run anunciaba a Gloriella, una desnudista garantizada por un hecho poco común en esa ciudad: el desnudo completo. En ese lugar, el joven que no puedo traer a comparecer a esta página tomaba el San Ángel, un *delfín*, así se llamaban los camiones que el Departamento del Distrito Federal puso a circular en ese tiempo.

Las horas de estudio formaban un espectacular puchero: Meyerhold y Stanislavski, Brecht y el Che Guevara, Marx y Lenin, Martha Harnecker y Gramsci. Después de horas invertidas en seminarios donde se leía a estos autores, los miembros del Centro Libre de Experimentación salíamos en un estado de intensa confusión: no sabíamos ni nuestros nombres. Por eso se nos ocurrió escribir y actuar una obra de teatro revolucionario que representara la historia de la humanidad.

Se llamaba *Máquinas y burgueses* y nosotros estábamos convencidos de que el entramado dramático merecía un premio; cada acto correspondía a una fase del materialismo histórico tal y como lo enseñaba la academia soviética. Primer acto: comunidad primitiva; todos actuábamos como simios y simulábamos recoger frutos de los árboles. Segundo acto: feudalismo; había reyes que maltrataban a los siervos, yo actuaba en el papel de un rey homosexual. Tercer acto: capitalismo; este acto se dividía en dos, la revolución industrial y el luddismo: con nuestros propios cuerpos formábamos máquinas que resoplaban y luego destruíamos los engranajes tal y como lo hizo Ned Ludd. Cuarto acto (sí, esta obra tenía un cuarto y un quinto acto): imperialismo; el momento culminante de este acto lo ocupaba el viejo y nefando Tío Sam. Quinto acto: socialismo y comunismo; en esta parte cantábamos canciones de esperanza, tocábamos las guitarras, el bombo, la zampoña, las maracas, el güiro. Ya dije que se trataba de un puchero.

No me crean pero sostuvimos una temporada de veinte semanas de éxito, el Foro Isabelino se llenaba hasta los topes; los boletos para ver la obra se adquirían por cooperación voluntaria, el corazón revolucionario fijaba el precio. En el programa de mano se informaba que la dirección de *Máquinas y burgueses* había sido colectiva: de verdad, yo intervine poco en la creación. Me da pena, pero tenía que contarlo porque sin esta breve trama no se entendería la relación intelectual que fabricamos Pepe y yo con los años.

Mi hermano en los setenta era un joven guapo de treinta años con canas prematuras, un diplomático que hablaba alemán en su cargo de agregado cultural en la Embajada de México en Alemania y había obtenido una clase como profesor adjunto en la Universidad Libre de Berlín; su formación le permitía competir con filósofos de fuste sin sufrir demasiado, y además había descubierto la literatura y leía con voracidad. Vino a ver *Máquinas y burgueses* y a la mañana siguiente me dijo, entre periódicos, vasos de leche y pan dulce:

—¿De verdad crees que se puede representar la historia de la humanidad? —se reía sin parar.

El polvo de esa risa quedaba todavía en su cuerpo, vencido por la rigidez, y en el cerebro derrotado por la enfermedad.

Algo de todo ese asunto recordé cuando leí los obituarios de Pepe en los periódicos, días después de su muerte. Todas las semblanzas resaltaban su compromiso con una izquierda a la que perteneció unos cuantos años, renunciando a su pasado de crítico furioso de la iglesia comunista, pero no fueron los autores de las necrológicas sino él mismo quien se encargó de difundir esa imagen de intelectual de izquierda. No entendí y sigo sin entender que no eligiera su legado en la filosofía y las letras, en su presencia como intelectual crítico sin más compromiso que con su forma de pensar y el ejercicio libre del pensamiento, sino en su militancia lopezobradorista.

No podemos entender todo de las personas que queremos. Las regiones oscuras de quienes amamos dicen tanto o más que los espacios transparentes, luminosos, y conviene que aprendamos a vivir con esas sombras. Seguramente él pensaba lo mismo de mí y de mis opiniones políticas, y murió decepcionado de esa parte de mi vida que consideraba inexplicable. De los días más amargos y tristes de ese enfrentamiento conservo chispazos de finales abruptos:

—Te haces eco de la derecha —se refería a mis críticas a López Obrador y a algunas posturas del periódico *La Jornada*, en especial la cuestión cubana, ETA y el conflicto árabe-israelí.

—Es decir, si no estás con *Liópez*, de inmediato te conviertes en un esbirro de oscuros intereses; así, a la antigüita, excomunión, destierro, descalificación moral.

—No le digas Liópez.

—¿Cómo quieres que le diga: San Andrés?

No tengo ningún interés en estas páginas de convencer a nadie ni persuadir y vencer con los filos de las opiniones definitivas, lo traigo a cuento porque el asunto ocupó un capítulo de nuestra vida y nuestra hermandad a prueba de balas. Sé por supuesto que Andrés Manuel López Obrador se portó con Pepe como un hermano en los momentos más difíciles de su enfermedad, con una solidaridad impagable y sin la vanidad que lo domina en la plaza pública, cuando le vuela el pelo el viento del caudillismo.

IX

Una noche de esos días difíciles soñé que mi hermano hablaba. Reunidos en la casa de mis padres escuchábamos la *Sinfonía número 6* de Mahler, un músico que Pepe admiraba. Me decía:

—No siempre puedo hablar, sólo cuando oigo a Mahler.

Desperté ofendido por mi propio sueño, lastimado por mis deseos; a la *Sinfonía número 6* de Mahler se le conoce como «Trágica».

Por encima de todas sus desventuras, mi hermano consideró una tragedia la pérdida de la lectura. El peor de los golpes. Nunca lo dijo, pero lo revelaba cuando apenas veía un libro y lo pedía de inmediato, abierto en sus piernas. Con el dedo índice paralizado señalaba una línea en cualquier página; durante largos minutos, mientras la plática de familia tomaba otros caminos, el dedo señalaba la misma línea imposible.

En un cuento de Bioy Casares, un hombre entra a su biblioteca y llora sin consuelo cada vez que toma un libro y descubre solamente páginas en blanco. Para Pepe, todas las páginas reflejaban una luz deslumbrante que le impedía leer, letras borradas por multitud de infartos cerebrales. No lo ignoraba, él sabía sin lugar a dudas que no volvería a leer el resto de su vida.

Le propuse una lectura:

—¿Leemos un libro juntos?

Un gruñido y un parpadeo: *sí*. Los brazos arriba significaban alegría, la idea lo había entusiasmado. Varios amigos fueron sus ojos y su cabeza, Alberto Román se convirtió además en sus manos y le mostraba títulos nuevos en Amazon y le contaba de sus lecturas.

—Conseguí este breve libro de Jean-Bertrand Pontalis; ¿te acuerdas de él, sabes quién es? —me olvidaba con frecuencia de que su problema no era la sordera y subía el tono de la voz.

Pepe asintió con la cabeza aun cuando llevaba semanas sin mover el cuello. Nunca supe si me alegraba o desesperaba que una parte de él aún estuviera entre nosotros, no sé si lo hubiera preferido perdido en un camino oscuro de su mente, vagando entre la neblina de recuerdos extraviados, en conversación con los muertos y desconociendo a los vivos. No ocurrió así, hasta los últimos días reconoció a su familia, a sus amigos. Pepe leyó bien al filósofo y psicoanalista Pontalis, que escribió en compañía de Laplanche el *Diccionario de psicoanálisis*, discípulo de Merleau-Ponty y de Sartre y director de la *Nouvelle Revue de Psychanalyse*.

—Traigo aquí *Al margen de la noche*, un libro buenísimo sobre la noche, los sueños, el reposo y quizá la muerte —lo dije con toda intención, muchas veces intenté acercarlo a su desaparición, pero nunca lo logré—. ¿Lo conoces?

Asintió, pero no lo conocía; pocas veces aceptaba que alguien conociera un libro antes que él. Quise oír su voz perdida: «Lo leí en alemán». Esto me hubiera dicho unos años atrás, lo cual habría sido una mentira pues se publicó en 2010 y en 2011 apareció su primera traducción al español. Leí despacio y en voz alta uno de los textos de la obra, «Soñar cansa», un tanto sobreactuado si se quiere, pero buscaba su atención:

—«Soñar a veces me cansa. Teniendo en cuenta que soy más bien de naturaleza sedentaria, es sorprendente cómo viajo en mis sueños, mantengo una actividad incesante, tengo miles de encuentros, escapo a miles de peligros, me enamoro con locura, recorro los infiernos y, como Virgilio, dialogo con los muertos, pierdo el tren, he olvidado el texto de la conferencia que debo dar, farfullo, el auditorio se ríe sarcásticamente, conduzco a gran velocidad y los frenos de mi automóvil no funcionan, mi última hora ha llegado, magnífico velero me deposita en mi isla preferida, donde, apenas desembarco, un aduanero me comunica, sin dejar de sonreír, que allí he sido declarado *persona non grata*. Y la cosa continúa, aventuras y desventuras se suceden sin solución de continuidad. Me despierto agotado, un poco despavorido. Y entonces, a diferencia del título de Pavese, trabajar, lejos de fatigar, descansa».

Miré a mi hermano, perdido en un sueño profundo en el cual, como Pontalis, desarrollaba una actividad incesante: leía, viajaba, se enamoraba con locura, comía en París, dormía en un lujoso departamento de Berlín, caminaba por la ciudad de Colonia, entraba a su departamento de Worringerstrasse 12, en fin, cosas de los sueños. Pepe no durmió durante toda la lectura, a la mitad del texto intentó reírse e incluso participar diciendo algo que no pude entender. Un alivio extraño y liberador me relajó cuando lo vi dormir, pero sabía que algo serio pasaba en mi mundo: mi hermano mayor se había convertido en mi hijo.

He pensado en la casa a oscuras por donde deambulaba mi hermano en una silla de ruedas. No sabía qué parte de él seguía con nosotros, pero estoy seguro de que mucho más de lo que suponíamos. De nuevo la maleta de papeles y cartas: saqué esta tarjeta postal de la catedral de Colonia, Alemania, fechada el 21 de mayo de 1972: «Rafa, propongo que empecemos nuestra correspondencia. Nada mejor que estar cerca de las personas que amamos». Esta historia es parte de esa correspondencia.

El tiempo se agotaba. Para todos los que acompañaban a Pepe era claro que el deterioro, lejos de detenerse, aumentaba. La parálisis de los ojos le convirtió la mirada en el rayo de una sola dirección que miraba más allá de nosotros, nos atravesaba. Más bromas desesperadas:

—Tú estás viendo a mamá detrás de mí.

No se relacionaba con mi tono de voz, pero levantaba los pies para comunicar una última cosa desde la sombra; el aislamiento tocaba una orilla desconocida. Había perdido treinta kilos, su rostro demacrado recordaba a la muerte.

Lilia llamó a un médico para que lo revisara, el neurólogo le comunicó que Pepe había entrado en una fase terminal.

Los desesperados presionan a los médicos hasta tener una respuesta: mi hermano podía morir de una neumonía, asfixiado a la hora de tragar las papillas que le preparaban o, al final, de un paro respiratorio. No recuerdo en qué libro encontré esta línea del poeta Zbigniew Herbert: «El tiempo es la forma de misericordia que tiene la eternidad con nosotros».

Esperar a la muerte es la forma más representativa del tiempo. Cuando suena la hora, apagas la luz y, si puedes, te despides. Pepe no podría despedirse, pero su familia lo haría por él. Un domingo de principios de mayo llegué a su casa de Coyoacán y lo vi de lejos, sentado en la cama que dispusieron en su estudio para dormir. No miento, vi a mi padre anciano. Pepe se convirtió a los setenta años en el hombre de noventa que murió en su cama, de viejo y de tristeza. Mi hermano enfermó de gravedad a los sesenta y seis y murió a los setenta pero parecía de noventa, como si nuestro padre hubiera salido de uno de esos sueños que describe Pontalis para decirle a su hijo mayor que el tiempo se había acabado.

Es verdad que mentía por mentir; un poco como mi padre, exageraba números y asuntos que no necesitaban exageración. Admiré su voracidad intelectual, su inteligencia rápida y dispuesta a compartir sus conocimientos. Deploré no pocas veces al Julien Sorel que llevaba dentro, el personaje de *Rojo y negro* de Stendhal al que persigue su pasado de familia pobre y dilapida el éxito obtenido por méritos propios gracias a sus genuinas habilidades. Sobrevaloraba la fama y el prestigio, les daba un valor excesivo, pero por otra parte algo en él se olvidaba precisamente de sus asuntos profesionales y desperdiciaba su talento en medio de un desorden admirable. Así trabajó durante años para *La Cultura en México*, el suplemento cultural de Monsiváis.

Recuerdo el paisaje después de la batalla: una cordillera de hojas blancas arrugadas en el suelo, diez o doce libros abiertos, un diccionario alemán-español y español-alemán, tazas con restos de café y leche, un cenicero desbordado de cigarrillos alemanes HB, migajas de bolillos de la panificadora Condesa, bolígrafos, finísimas plumas Lamy, periódicos que habían envejecido durante el día, y al centro como un monumento al caos una máquina de escribir Olympia que había viajado desde Colonia, Alemania, hasta la Ciudad de México. Chema Pérez Gay traducía y arrasaba con todo lo que se le atravesaba: eran los años en que podía trabajar hasta las más altas horas de la noche. Vivíamos en un departamento pequeño de la colonia Condesa, en la calle de Cadereyta, esquina con Tamaulipas. Cuando mi padre despertaba y encontraba el desastre en que mi hermano había convertido el comedor, la sala, el baño y el cuarto, preguntaba desconsolado:

—¿Y quién es este Celanese, Pepe, que ha ocasionado todos estos desmanes?

Mi hermano contestaba:

—No es Celanese sino Celan, Paul Celan.

Así, desayunábamos con lo mejor de la poesía alemana de todos los tiempos. Bajo hojas blancas esparcidas en la mesa, mi madre encontraba el teléfono descolgado; en secreto mi hermano había escondido el auricular para evitar las llamadas impacientes de Héctor Aguilar o de Monsiváis que esperaba la primera parte del suplemento *La Cultura en México* de la revista *Siempre!* Mi hermano les había dicho a Carlos y a Héctor que tenía veinte cuartillas extraordinarias de la poesía de Celan con una introducción de su mano, pero la verdad era que no tenía más que la idea y el principio de una intención. Consecuencia: trabajos forzados, desvelo, nerviosismo y el departamento de la colonia Condesa, en el Distrito Federal, convertido en una zona de desastre.

No había internet ni Facebook ni Twitter ni correo electrónico ni computadoras; de hecho, ahora que lo pienso vivíamos en una caverna. Cuando mi hermano había terminado la traducción pedíamos un taxi carísimo al 16-60-20, y el texto atravesaba la ciudad para llegar a la imprenta en la Campestre Churubusco. En aquellos años siempre salía más caro el caldo que las albóndigas.

Eran los años setenta, 75 o 76 si la memoria no me falla, ya saben que la memoria hace lo que le da la gana con nosotros. En esa máquina de escribir mi hermano mayor traía del alemán y ponía en español páginas de Musil, Broch, Kafka, Kraus, Canetti, Benn, Benjamin: textos pioneros, autores que apenas circulaban entre nosotros. No sólo literatura, también trasladó y presentó estudios críticos sobre el socialismo realmente existente, la Unión Soviética, Alemania Democrática. En ese aliento había un joven formado en la literatura y también en la ruda filosofía alemana, un joven que salió de casa un día de 1964 y regresó en el año de 1979.

El departamento volaba en pedazos. En el fragor de la batalla, le leía las cuartillas tibias aún a todo aquel que se dejara: la señora de la limpieza oyó extraordinarios aforismos de Canetti, en especial ese que dice que sin libros se pudren las alegrías; el voceador que nos acercaba la vida política del sexenio de Echeverría supo que para Musil escribir una novela era más importante que fundar un imperio. Entre los más fieles estábamos Alberto Román y yo. Nunca fui a talleres literarios, no fue necesario, en casa tuve uno durante años. Leíamos el texto una y otra vez, agregando correcciones, poníamos un párrafo extra, añadíamos un remate y a leerlo de nuevo. A los veinte años aquello era oro molido. Había que ponerle un fin a la presentación y al texto, en algún momento yo me inconformaba:

—Todo está bien, Pepe, pero si vas a leerme por décima ocasión esa carta de Kafka, voy a terminar odiándolo a él y a la cabrona de Milena que sólo le ha traído sinsabores al pobre, valetudinario Kafka. Por Dios, de verdad ya no me leas más. Sé que Max Brod, su amigo del alma, le metió mano a sus libros después de su muerte; fue un ojete, sí, pero ya no me lo vuelvan a leer, por piedad.

Gran taller aquel. Así empezó una larga amistad literaria que duró toda la vida, varias vidas, y se sobrepuso a todas las tempestades. En las amistades largas hay de todo: adquirimos el ungüento contra el dolor, el bálsamo que cura la desesperanza, la tableta de la tranquilidad, la pócima de la juventud y también, es cierto, el aceite de ricino del incordio y el jabón del perro de la discordia.

X

Alguna vez, cuando el silencio no lo había cercado, me preguntó:

—¿Y Monsiváis?

—Monsiváis murió hace un año —había sufrido una seria desubicación temporal—. ¿Te acuerdas?

—Claro que me acuerdo —mintió—. ¿No hablaste con él los últimos años? Eran amigos.

—Carlos no era amigo de nadie —le respondí ríspido, mordido por el rencor   . Desde el episodio del suplemento no volví a verlo.

—¿Cuál episodio?

Le referí la historia que él sabía de memoria antes de la casa a oscuras.

Recordé así esta breve trama, un soplo de la memoria; no más que eso, pero no menos. Durante los oscuros ochenta, años de crisis financieras desprendidas de la corrupción y el derroche priistas, cada semana un grupo de jóvenes, entre los cuales me contaba, hacía la sopa de la edición del suplemento *La Cultura en México* de la revista *Siempre!*, que aparecía los jueves. Si recuerdo bien, ese trabajo de talacha periodística ocurrió entre 1980 y 1986, aunque algunos de esos editores llevaban mucho más tiempo en el cuarto de máquinas de esa publicación. Los editores: Luis Miguel Aguilar, José Joaquín Blanco, Sergio González Rodríguez, Roberto Diego Ortega, Alberto Román, Antonio Saborit, Rafael Pérez Gay.

Han pasado treinta años desde el día en que Carlos Monsiváis, director del suplemento, me reveló que había llegado la hora de su retiro de la dirección de *La Cultura en México*. Traigo esta voz de esos días:

—No puedo más, llevo años en esto. Me petrifico en esas páginas; sálvame —dijo Monsiváis no sin ironía y verdad del otro lado del teléfono, su gran amante, su arma poderosa, su obsesión diaria.

Recuerdo e intento ser verídico:

—¿Quieres renunciar? —había en esa respuesta y esa voz una admiración legítima y un gran respeto literario; ahora sé que la incondicionalidad sólo trae contrariedades.

—No puedo tratar más a Pagés. ¿Tú sabes lo que es oír, durante una tarde entera, de las faenas del gran matador Frijolito Sánchez, y ver pasar las rondas infinitas? Un periodista extraordinario, pero cómo decirte, no sé... No duermo, tomo calmantes. El país está en ruinas y a ustedes nada les importa. No todos los misterios se encuentran en los *Diarios* de Léautaud; un día se van a arrepentir de esa coartada apolítica.

Monsiváis se refería a la falta de pasión política de quienes formábamos el consejo de redacción de *La Cultura en México* y nos encargábamos de la edición de esas páginas.

Durante seis años, todos los lunes, nos reuníamos en la casa de San Simón, en la Portales, a discutir artículos, ensayos, poemas. El humor de Monsiváis corroía las reputaciones más prestigiosas; sus opiniones, sus bromas, sus juegos de palabras se sostenían en la práctica secreta del moralista de la Portales: destruir en privado lo que había elogiado en público.

No renunció al suplemento en ese momento; al contrario, Carlos reapareció convertido en flamante director de esas páginas. De paso nos nombró a mí, a Sergio González Rodríguez y a Antonio Saborit como coordinador y editores, respectivamente, de *La Cultura en México*. Corrían los últimos meses del año de 1986, sostuvimos dos reuniones editoriales y nos pusimos a trabajar en un nuevo diseño y nuevos contenidos. Como decía Fernando Benítez: toda la carne al asador.

Armar esas páginas se convirtió en un tormento, lo que dejábamos en el escritorio de Bernardo Recamier, diseñador de las páginas, desaparecía para dar lugar a materiales que Monsiváis empujaba después de los acuerdos de la junta. La metralleta del teléfono nos acribillaba día y noche, un enredo sin solución. Dos meses después renunciamos a los nuevos cargos y al consejo de redacción: nos reunimos en un Sanborns convencidos de que ocurría algo importantísimo en nuestras vidas. Bien pensado, nada puede llevarse a cabo si uno no está convencido de que es muy importante.

Una noche sonó el teléfono del departamento donde yo aprendía de los fuegos de la vida doméstica. Carlos Monsiváis:

—No puedo más. Encárgate. Ya hablé con Pagés y está de acuerdo en que seas el coordinador, yo me integro al consejo. Vamos a formalizar el cargo la semana que entra. Hay un salario, más simbólico que otra cosa. ¿Te gustan los toros, los burdeles? ¿Los políticos del PRI?

—¿Todo eso tiene que gustarle al que coordine el suplemento?

—¿Cuándo fue la última vez que entendiste un chiste? Adiós para siempre —a Monsiváis le gustaba despedirse intempestivamente con esta frase.

La sangre se me subió a la cabeza. El teléfono de nuevo. Oí la voz amputada de Monsiváis:

—Pagés nos espera el próximo lunes. Prepárate, porque aunque trae un tanque de oxígeno, bebe fuerte; seguro te va a insultar —rió—. ¿Puedo pedirte algo?

—¿Qué? —le pregunté.

—Tono crítico. El país se cae a pedazos. No hay salida.

Digo voz amputada sin ganas de ofender, a la voz de Monsiváis le faltaba algo que suplía su inteligencia. La revista *Proceso* que dirigía Julio Scherer había publicado en sus páginas las crónicas de innumerables corruptelas, crímenes y complicidades de la impunidad de nuestros políticos; *La Jornada* reunía a un grupo experimentado de periodistas que hicieron un diario crítico con los recursos de un grupo de artistas, colaboradores y amigos.

Ante esos dos tanques de guerra periodística, la revista *Siempre!* venía a menos, periodismo de la vieja guardia, cualquier cosa que esto quiera decir, dirigido por una leyenda. De José Pagés Llergo yo sólo sabía lo que le escuché a Monsiváis y a Benítez, algunas bravuconadas míticas que se le atribuyen: *Al que se agacha se lo chingan doble*. También aforismos que entrega la vida entre los pliegues de la sabiduría de los años y los tragos: *Los premios son como las mujeres, siempre llegan cuando ya no hacen falta*.

La noche de aquel sábado, Sergio González Rodríguez y yo hablamos de esa nueva propuesta, una papa caliente entre las manos de nuestra amistad. Si estaba hecha la oferta, al menos debíamos discutirla. Nos fuimos a velar las armas.

El domingo siguiente compré en Sanborns la revista *Proceso*. Las páginas culturales ofrecían una nota en dos partes, una noticia dividida, como indica el sello editorial de la casa, en varias noticias. Leí la primera: «Tras quince años, Monsiváis deja la dirección de *La Cultura en México* por cansancio». Abajo, ¿o arriba?, no me acuerdo, decía: «Paco Ignacio Taibo II lo sustituye». En la entrevista, Taibo II explicaba con claridad su proyecto, un suplemento de izquierda: «Menos Proust y más crónica». Lo logró, para qué más que la verdad. No recuerdo cuánto tiempo permaneció Taibo II al frente. Al final del artículo, Monsiváis le daba las gracias a un grupo amplio de colaboradores que hizo posible el suplemento que él había encabezado; desde luego nuestros nombres aparecían aquí y allá entre los agradecimientos. También le agradecía a mi hermano.

Terminé de contarle el cuento a Pepe como si él no lo conociera. Me dijo:

—¿Todo eso pasó? Pinche Carlos.

XI

Somos nuestra memoria. Si no recuerdas, dejas de ser alguien para convertirte en nadie. Los últimos meses de su vida, Pepe no recordaba: así murió la primera vez, caminando a ciegas, sin saber quién era. Pasaba la mayor parte del día en el sillón reclinable frente a la televisión, daba lo mismo lo que apareciera en la pantalla, le tomaba la mano a quien lo acompañaba y se la apretaba como si quisiera quedarse más tiempo en este mundo.

Se dice que a quienes tienen más apego a su personalidad les cuesta más trabajo morirse. Por esta razón, Pepe se ató a la vida sin vida que le tocó vivir los últimos años de su existencia.

Nunca entendí que no preparara su muerte o tomara alguna decisión para los días más penosos: *cuando deje de hablar, ayúdenme a morir*; o bien, *cuando me veas perdido, retira los medicamentos*, o algo así como esto: *cuando no sea nadie no me dejen tirado en un sillón*, en fin, no sé.

Vivió su enfermedad como si la muerte no fuera el último capítulo. Nunca les preguntó a los médicos por su futuro de enfermo, por el desenlace. Cuando aún podía hablar y le diagnosticaron esclerosis, me dijo:

—¿Así te sentiste cuando te dijeron que tenías cáncer?

—¿Así cómo? —le pregunté.

—Irreal, como un fantasma.

—Cuando la muerte te mira nunca vuelves a ser el mismo —no exageré, así pasa con las enfermedades serias y graves, y añadí—: Pero conviene ver de frente a la enfermedad, si no, te devora antes de tiempo.

—Carajo, te has convertido en un vikingo —se burló de mí no sin razón.

Quise decirle que pensara en el porvenir, que calculara algunas cosas y pusiera en orden otras, que el final estaba cerca; no se lo dije y me angustia esa omisión. Así empezó a convertirse en un fantasma, en la sombra de sí mismo. Cierto, en ese carácter evasivo hay no pocas veces un acto de valentía.

A uno de los médicos le pregunté si el murmullo permanente que emitía podía ser dolor o un intento de comunicación:

—No lo creo, ni lo uno ni lo otro. Más bien parece un modo de la demencia —me contestó.

Algunas noches, en el silencio de la madrugada oigo ese murmullo: me despierto, dejo la cama y voy al estudio a buscar un recuerdo que me devuelva algo humano de Pepe. Encontré un bálsamo en la memoria del agua.

Mi hermano iba dos veces por semana a una alberca de Coyoacán y yo lo acompañé algún tiempo. Un entrenador lo llevaba en el agua, lo hacía flotar; sin el peso de su cuerpo, él podía caminar sin ayuda en el agua y gozaba mientras yo nadaba en un carril cercano. Fue la última vez que lo vi feliz. En algún momento del entrenamiento, yo me sumergía y buceaba, salía a la superficie justo frente a él y lo asustaba, luego le echaba agua a la cara y él reía como podía reírse, con sonidos guturales. Esto es lo que yo creo que es la hermandad: dos niños jugando a que son eternos. Ese recuerdo me ha tranquilizado en la oscuridad, convirtiendo el desconsuelo en un remanso, como si me sumergiera de nuevo para encontrarlo.

Las aguas de mayo cayeron con fuerza el último domingo que lo vi con vida. Sentados a la mesa con sus hijos Pablo y Mariana, con Lilia y Delia y mis dos hijos, hablábamos de un viaje. Dos de los momentos más felices durante su enfermedad ocurrieron con su familia en un viaje al mar, a la playa.

Algo se quebró dentro de mí cuando me percaté de que sus cuidadores, para ayudarlo a pasar el tiempo, le daban una paleta de caramelo macizo para silenciar el murmullo: un regreso aterrador a la infancia, un viaje inhumano a la semilla. En algún momento de la tarde acerqué mi cara a la suya, la frente y la nariz juntas, y le pregunté:

—¿Me oyes? —parpadeó—. ¿Quién te quiere?

Era la despedida, con un recuerdo de mamá que nos decía cuánto nos quería con esa pregunta que traía consigo la respuesta.

Una semana después, el domingo 26 de mayo a las dos de la mañana sonó el teléfono. Salí de entre las cobijas a recibir la noticia que traía Lilia en llanto:

—Pérez dejó de respirar.

XII

Flaubert: «Cuando has besado un cadáver en la frente, siempre te queda algo en los labios, un sabor amargo allá al fondo, un regusto vacío que nada borrará». Frente al cadáver de mi hermano abrazado por Mariana, su hija, vi la transparencia de la muerte que al fin se llevó a mi hermano. Me hubiera gustado poner algo de Mahler, pero la escena habría sido macabra.

Las últimas horas de vida le alcanzaron para que Guadalupe, nuestra hermana, se despidiera de él y Carmen Lira le entregara algo de la lealtad que supo mostrarle durante su enfermedad: le dio entonces el último beso, unas horas antes de su muerte. Alrededor de la cama mortuoria Linares y Héctor, amigos de toda la vida, y Alma Rossbach, le dijeron adiós. Delia lo besó en la mejilla. Una rara lividez le invadió el rostro.

Lilia Rossbach, de pie en el umbral de la puerta de la biblioteca. Dio la batalla de su vida pero al final siempre se pierde, la muerte no descansa nunca. La vi mirar por última vez el cuerpo sin vida de su marido y me vino una palabra a la mente: soledad. Como un alma en pena caminó por el pasillo cuando entraron los empleados de la funeraria. Lilia

se había llevado la peor parte durante los años de la enfermedad: por esta razón agobiante, ella creó una sombra que la
acompañaba siempre y le servía para guiar a Pepe en su viaje
hacia la noche.

La bolsa negra, el peor momento; lo metieron y corrieron
el cierre. Lo acompañé envuelto en plástico hasta la camio-
neta de la funeraria. Le hice una guardia imaginaria cuando
metieron su cuerpo al interior de metales gastados que ha
transportado muertos y más muertos. Le di dos palmadas a
la bolsa. Así de estúpido, pero así de absoluto.

Frente al ataúd de mi hermano, una tempestad de emociones me impedía escuchar las condolencias de los amigos. Aturdido por su muerte, fatigado por las horas sin dormir, impresionado por el tiempo que había pasado ante su cadáver tendido en la cama que ocupó una parte de su estudio, de su biblioteca, entré a la capilla ardiente a decirle adiós.

Horas antes, al amanecer del domingo y después de elegir el ataúd, me separé del grupo familiar y caminé por una de las avenidas arboladas del Panteón Francés. Me seguía una sombra. Busqué dentro de mí y lo supe con una punzada en el estómago, se llama desamparo.

El sol entraba por las pequeñas ventanas de la capilla cuando nos entregaron sus cenizas y sus hijos Pablo y Mariana sostuvieron la caja de finas maderas que contenía los restos de mi hermano. Lilia atravesaba la urna con la mirada y yo recordé al joven que viajó a Alemania a los veintiún años y que hizo sus primeras armas metafísicas bajo la tutela de un profesor rumano avecindado en México: Tanasescu.

En México cerraba el sexenio de López Mateos, la mancha de la Ciudad de México crecía hacia el norte mediante un parque industrial y hacia el sur en zonas residenciales como Coyoacán y San Ángel. Metafísica: la indagación de la naturaleza humana, la pregunta última por la existencia. Pepe me enseñó que Kant decía que los tres grandes temas de la metafísica son el libre albedrío, Dios y la inmortalidad del alma. Estas fueron las preguntas que mi hermano se llevó a Alemania en la maleta la mañana en que abordó un avión de Lufthansa en el aeropuerto de la Ciudad de México, y quizá las mismas inquisiciones lo guiaron fuera de esta vida.

La noche del día en que cremaron su cuerpo, con la nada en el alma, enredado en eso que sentimos quienes no reconocemos otra vida más allá de la que ocurre en el mundo de los vivos, busqué las cajas y las maletas que mi padre me entregó antes de morir. Buscaba un trozo de vida, algo que me devolviera a mis muertos. Encontré las cartas que mi hermano nos escribió desde 1964, cartas a la familia y especialmente a mi madre, cartas de papel cebolla.

Octubre 10, 1964.

Querida Mamá (Cosa adorada): apenas tengo tiempo de escribirte estas líneas pues estoy hasta el cuello de trabajo y estudio. Esto requiere mucho esfuerzo y concentración, en México no estaba acostumbrado a este ritmo, y además en alemán. Por favor, madre, mándenme con extrema urgencia los dos tomos del Diccionario Español-Alemán que se consiguen en la Librería Internacional, de Sonora con Insurgentes. Me urgen. Mándame también un libro de Salvatore Quasimodo, *Obra completa*, de la editorial Sur, también lo necesito. Lo puedes conseguir en la librería Zaplana de San Juan de Letrán o en la de avenida Juárez. De mis libros, madre, mándame la *Ética* de Spinoza. Los necesito para los primeros días de noviembre. Por favor, no vayan a hacer como con el dinero. El Diccionario aquí está agotado y me urge para los exámenes. Dile al pinche de Raúl que por qué no me ha escrito, y al pinche de Eduardo también y al Torucho igual. Diles que los extraño. Cuando tenga un marco de sobra, les escribo y les mando cartas.

Cumpliste cuarenta y siete años y aunque un poco tarde te abrazo con todo mi corazón. Eres, has sido y serás mi todo. Espero que el hijo que un día palpitó dentro de ti sea motivo de orgullo. Te amo con toda el alma, madre.

Pepe

Mientras leía trozos de sus cartas y se me enquistaba en el alma su ausencia, me salió al paso el joven estudiante de filosofía que había encontrado en el humanismo una razón de ser y en la literatura una realización profunda de su alma. La ilustración kantiana fue siempre su escudo de combate: el hombre libre por el don de la razón.

Días después de su muerte deambulé por la casa como un fantasma, deprimido porque no encontraba el tono de este informe. Cuando empecé a escribir sobre el cerebro de mi hermano pensé que saldría a borbotones la historia desprendida de la necesidad de escribir sobre él; así fue al principio, pero una mañana se secó la fuente. Pensé que enterraría a mi hermano con este informe y sólo logré mantenerlo con vida. Me di cuenta de que era absurdo el trabajo que me había propuesto, sin ruta y sin meta, como si me moviera en círculos, como sucede cuando se busca la invención de la realidad. Hay que dejarlo ir.

Al final, algo del principio: ante el ataúd de mi hermano recordé que cuando yo tenía seis años y él veinte, montábamos un arte dramático en el cual él era el Santo y yo Blue Demon. En algún lugar siempre seremos esos dos enmascarados.

«Todo hay que aprenderlo, desde leer hasta morir», se quejaba Flaubert, y les digo algo: tenía razón.